〈降誕祭の星〉作戦

ジヴァゴ周遊の旅

工藤 正廣

未知谷
Publisher Michitani

美しい雲ののちに

これはこのお話について作者からのはしがきです。
アナスタシア・アンドレーエヴナが私に遺していってくれた『ドクトル・ジヴァゴ』の全二十五巻のカセット・テープ。
このテープは奇跡的に作者の私の火の奇禍から無事に掘り起こされたのでした。
煤にまみれていましたが、そしてソ連崩壊の直前、
一九八九年にソ連で初めて母国のロシア語版として刊行された
その一冊の完本も表紙はケロイド状であったけれども。

私はいつかこのお話を語り直しておきたいと思いながら、歳月が流れ去り、戻り、

そしていま、「いのちわが妹よ」と歌いあげた詩人パステルナークへの
伝言としてでも
アナスタシアの心の惜しみなさ書き直しておきたかったのです。
いや、私たちはどのようにして運命に出会うのでしょうか、
その秘訣について。

アナスタシア、あなたはつつがなく生きておられるに違いありませんね、
あなたは一冬、『ドクトル・ジヴァゴ』をすべて朗読録音し終えて
遠い国に旅立ちました。
この世に私たちは何を遺すでしょうか、思い出、写真、映像、
そして、いのちの痕跡、いのちの声、ただその人にしかない声を、
その声のことばを。

私は大病に瀕しつつですが七十になって立ち上がり、
『ドクトル・ジヴァゴ』の邦訳をやっとのことで登攀しました、

アナスタシア・アンドレーエヴナ、
あなたのすべての声はこのジヴァゴの書と一つになって生きています、
私はその美しい雲を追い、
在りし日を思い出しながら、あなたの心を偲んで
このお話を綴ることにしたのです、

このお話に耳をかたむけてくださる読者に
私は伝えたかったように思います、
すべては過ぎ去りますが、
しかしすべては過ぎ去らないことについて、

美しい雲は一瞬ののちにはいなくなってしまうのですが、
私たちとてそのようないのちではありますが、
それでもいのちがけで遺したものがあることを、
私はこのお話で語っておきたかったのです。

若くても老いてあっても
まだ旅路は終わらないのです、
旅路のさなかに
成就した小さな奇跡について
きっと誰かが悼み、そしてほめてくれるでしょう。
アナスタシアは、私たちです。

〈降誕祭の星〉作戦

ジヴァゴ周遊の旅

1章

1

とうとう雪になったのです。アナスタシアは領事館の車寄せに出たとき空を見上げましたがやはりとうとう冬がやって来たというしらせの雪ひらが花びらのように重なり押し合いへし合いするように触れ合いながら包み込みました。領事館員との話し合いは何でしたか、とでもいうように雪ひらが耳元でささやいていました。玄関まで見送りに出てきてくれた館員が、おお、雪だ、雪だ、と優しい声を後ろからとどけてよこしました。アナスタシア・アンドレーエヴナ、お話の一件はまったく大丈夫ですよ、雪解けの三月までご無事で、というようなことばがひびきました。ええ、ありがとう、と彼女はふりむいて答え、それから自動的に開いた重いコンクリート壁の出口から狭い道に出たのでした。

アナスタシアはプラトークを古風な結びにして髪をつつみ、降雪の夕べにそっと足元を確かめながら歩き出しました。よい方に出会って幸いだったわ、とアナスタシアは心で言っていたのです。ひとしきり、ロシアへの帰国の時期の変更について、また持ち出せるお金の、といってもほんの少しだとはいえ、なにか疑いでもかけられると面倒になるのでしたから、あらかじめ了解が得られると、ええ、ははは、全然ご心配ないです、そりゃあ百万円などとなると問題でしょうがね、そう言って、さてと、と文化アタッシェのロマン・ロマーヌイチがよもやまの話に方向を変えたのでした。ええ、とにかくロシアは広大過ぎてどうにもなりませんよ、広けりゃいいってものでもないですよね、でも、ハイテク向きじゃあありません、ゆっくり行くしかありませんよ。いいですか、あのチェーホフさんは雪解けの四月にモスクワを発って、三か月もかけてシベリアを横断し、そうしてサハリン島だったじゃありませんか。現代は鉄道もあれば空路もある、いやはや便利ですが、ふむ、人類的未来は、ローテクにあるんじゃありませんか。ああ、そうでしたか、アナスタシア・アンドレーエヴナ、あなたの故郷がチェリョモホヴォだったなんて、これは奇遇と言っては可笑しい表現でしょうか？　おお、実は、ぼくは生まれだけですがね、イルクーツクですよ。まあ、いわばすぐおとなりじゃあないですか。いや、おとなりと言っても、ロシアですからね、そうとうな距離、ふむ、西へむかってイルクーツク、アンガルスク、それからチェリョモホヴォだったように覚えがあります、おお、知っていますよ。とても小さな町でしたね、そうそう、もっと先には、ジマーがありましたねえ。どだい町の名が《冬《ジマー》》だなんて、なんてことだと思いましたが、それがロシアなんです。さらにまったく同世代だと言う点でも奇遇ではありませんか。

ソファーで向かい合って坐って、物静かでとても謙虚なアナスタシアは心なし頬が染まるのを感じて、ええ、ええ、と答えたのでした。なんだか彼のロシア語に懐かしいようなシベリア方言の抑揚が感じられましたから、ふっと矢も盾もたまらない望郷の、と言ってしまうと大げさでしたが、郷愁にも似た感情が、そう、香草の薫りとでもいうように聞こえだしました。彼はとても忌憚なく、だれかに聞き耳をたてられているかも分からないだろうに、率直にとても愉快そうに話したのです。ぼくは、外務省が出世コースだかどうかそんなこととは関係なく、ここの任地に流れ着いたのです。さあ、しかしその先はどうなることやら。命ぜられるままに転々と漂泊というようなことになるかもわかりません。でも、全然気にしていません。ここもあと一年でしょうか。ただ自分を、自分の人生を克服することだけでいいのですからね。だって、ぼくらの世代はそうじゃありませんんか。ここだけの話、いや、盗聴器なんてありませんよ、いいですか、ぼくらは一つの巨大な国家が一夜にして瓦解するのをまのあたりに見て来てですね、そうして、その後も、まあ、何ということもなかったとでもいうように、そうです、ここの日本語の表現で言いますと、〈何食わぬ顔〉してですが、生き延びているわけでしょう？ 彼はにこにこしながら話していましたので、アナスタシアはちょっと警戒したものの、ええ、ええ、と小さく答えたのでした。ちょっと大胆すぎやしないかしら。やはり彼はにっこり笑っているのでした。

彼女は雪に降られながら路面電車の電停まで、あれこれ考えながら歩きました。故知らず泣き出しそうな悲しみがこみあげてくるのでした。さあ、これからこの一冬、三か月を生き延びなくてはいけないのだ、風邪だってひいてはいられないのだ。この一冬で、わたしの人生は一変するのだから、とアナスタシアは、ようやく電停に着いて、悲しみの電車が夕べの雪の中をごろごろ音を鳴らしてやってくるのを眺めていました。夫のイーゴリがあわただしく夏にノヴォシビルスクからやって来てくれたのでさびしさはまぬがれたものの、さて、彼が帰国してしまうと、いちどに空虚が満ちてきたのでした。しかも、彼の提案と決断は、アナスタシアが無事にロシアに帰国したなら、いよいよ国外に移住するということで、彼はすでに海外のあちこちに仕事を探していて、この冬のうちには内定がでるだろうというのでした。ああ、わたしはロシアを棄てることになるのだ、ああ、母国をわたしは棄てることになるのだ、生きるために、というふうに同じ煩悶がくりかえしやってきては、晴れない憂愁に引きずり込んでいたのでした。いいえ、わたしとサーシュカはロシアに残りますとはとても決断がつかなかったのでした。ようやく四歳になる息子のサーシュカは、バイカル湖のシベリア鉄道アンガルスク近くのチェリョモホヴォの両親のもとにあずけてあったのです。ときおり国際電話をかけるときに、ママ、ママ、マーモチカと言うサーシュカのけなげな声だけが心のささえだったのです。

しかし、この雪の夕べ、アナスタシアの心には燃えるロウソクの炎のようにひとつの小さな希望が浮かんでいたのでした。彼女はそれを、雪に濡れた場末の路面電車がやって来て、夕べの客たちと一緒にのりこんだとき、さあどうなるのかしらと胸に抱きしめるようにしたのでした。

2

路面電車が終点にあたる十字路にとまって、アナスタシアも降りやまない雪の都心部に立っていたのでしたが、まわりはクリスマス・イブの賑わいで電飾が色とりどりに明滅しながら、影絵のようにこの市の人々をはげしく行き交わせていました。アナスタシアはほっと溜息をつき、今度は人ごみにまぎれて地下街の通路におりていったのです。またにぎやかに人々が地下道を流れて行き交いながら、花束のようにあちこちで小さな渦巻きをこしらえていました。クリスマス・イブのことを忘れていたのではなかったのですが、ひとりぼっちのアナスタシアには母国のクリスマスの光景が全く別のようにここで重なって見えていたのでした。すぐにも飛んで帰りたいくらいなのですが、ロシアは余りにも遠すぎるのです。彼女はとても背が高くてほっそりとしてまるで白鳥が水を動く時のように歩くのですから、まわりの人々からちょっと浮いて見えるようでした。ともにここでクリスマスを祝えるような友人や知り合いが、いないわけではなかったのに、彼女はとてもそのような気持ちにはなれなかったのです。息子のサーシュカはどうしているだろう、イーゴリはノヴォシビルスク暮らしだから帰らずに、サーシュカは祖父母と一緒に、チェリョモホヴォの祖母の家で年の終わりを迎えているにちがいないのです。ゴーシャだってそれはたいへんなのだから、未来がかかっているんだし、国を出る一大事業なんだもの。

アナスタシアは列車には向かわずに、地下道から地上の高速バスのターミナルにゆっくりとあがっていきました。急な階段をゆっくりとあがったのです。

夕べの高速バスは行列ができていたものの、すぐに彼女の乗る高速バスは雪にぬれながら滑り込んできました。アナスタシアは視界の高い座席におさまると夢見るような安堵感をおぼえました。このままロシアの故郷の町へと続いているような気がしたからでした。やがて高速バスは雪の降りやまない市街を複雑に曲がったり折れたり、少し渋滞しながら、ようやく高速道路に入りました。アナスタシアは車窓の雪が滴になってとけて速度の風に吹き流されるその奥に、この夕べに転々と灯りがともった高層マンションの群れや一戸建ての住宅街のさびしさとぬくもりを感じながら、そして、それでも今日は心に一つの希望が小さな星のようにみえかくれし、明滅していたのでした。

アナスタシアが大都市から高速バスを使って帰りついたのは、隣市の田園都市でした。

そこの鉄道駅のバスターミナルで下車して、もう暗くなった線路わきの道を木の柵沿いに歩いて行くと、彼女の住んでいる二階建てのアパートがあったのです。そこいらは線路沿いに幾つもアパートや少ししゃれたつくりのマンションが建っていたのですが、みなあたかもにわかづくりのように、荒れ地や野畠をつかって建てたのでしょうから、空き地がまるで飛び地のように残っていて、そこは雪をかぶった雑草や背の高いヨモギの群生、あるいはまるで灌木とでも見まがうようなゴボウの茂み、あるいは白樺の木々が残されていたのです。道すがら、背の高い青黒いヨモギの群れから積もった雪が音もなく落ちました。

アナスタシアは《日の出アパート》という看板がみえるアパートの外付け階段をゆっくりとあがっていきました。廊下には雪が片側だけにつもっていました。朝日が入るから、日の出アパートという凡庸な名前がついたのでしょうが、経済的な点から言ってアナスタシアには少しでも安いアパート代でなくてはならなかったのです。彼女は極東シベリアでも大陸の果ての、マガダンという金鉱都市として知られた市にある国立大学から、交換研究員として一年半の留学を認められて、ここの田園市の単科大学にやってきていたのです。もちろん大学からは滞在費が出るのでしたが、それだけでやっていくのは少し困難でした。アナスタシアはマガダン本校から給料も支給されているとはいっても、それだってここのレートで換算すれば微々たる額だったのです。

アナスタシアはひとりぼっちの部屋に入って、やっと人心地がつきました。まず熱い紅茶をわかして、ささやかなソファーに坐り、たっぷり砂糖をいれて紅茶をいただいたのです。

窓際に寄せられた本棚とデスクは綺麗に整理され、その上に一冊の本がまるで宝石箱だとでもいうように、おかれています。アナスタシアはお茶の耐熱ガラスのコップを手にしたまま立ち上がり、デスクの電気スタンドのスイッチをいれ、そしてその本の上にそっと手をのせてみたのでした。ねえ、とうとう冬になった、雪が来てしまった、わたしはまたひとりぼっちになってしまったわ、と彼女は心で言ってみたのですが、窓のカーテンをしめ、部屋の灯りをつけ、灯油ストーブに火をつけ、部屋がしだいにあたたかくなって、ようやく人心地がつきました。冬コートを脱ぎました。もちろん、もちろん、アナスタシアの美しい影が窓のカーテンに映りました。マガダンでならどこもみな集中暖房だったので、この小さなアラジン灯油ストーブはこぶりでかわいらしく、古道具で買ったものでしたが、実力があって、たちまちあたたかくなってきました。するともっとさびしさが、なにかが足りないというような欠如感がみちてきたのです。

3

愛するオーレニカ、クリスマスおめでとう、この日本の北の島の街から挨拶を贈ります、とアナスタシアは、慎ましい夕食の後、机にむかって手紙を書きだしていました。

窓の外を、ここは鉄道沿線になっているのですから、ある時間が来るごとに、駅に入線してくる列車の音が、ちょうど彼女のアパートの手前あたりまでが、線路がまるで待避線のように入り組んでいるのか、刃のように白く光る鉄路の交差と離別とが幾何学のようになっていて、そこを通るときにすでに速度をゆるめた車輌の響きが重く、ゴトンゴトンと横に揺れるように鳴って、そのひびきが彼女のアパートの窓にまで届いてくるのでした。普通列車の場合のひびきはとても弱いのですが、上り下りの特急列車の場合は、その勢いがここで急にゆるめられるので、鉄路のひびきは重くゴトンゴトンと轍をまたぐとでも言うようにアパートに響きました。それが聞こえると、アナスタシアはだれひとりとして見知らないその乗客たちのことを思い描きました。そして列車の音がすっかり遠のいてしまうと、そこからは白樺林がまるで防風林のようになっていたので、ロシアのほんの一部分を感じるように思ったものでした。

今しがたも、ずっと北の終点市へと急ぐ特急列車が、線路の転轍機によってごく自然にあたりまえのように、すこしだけ車輛が車体をきしらせながら、単線へと合流して、あとはもう風の音しかきこえないような静けさへと消えてしまったのです。

ああ、あれは特急カムイの何号だったかしら、というふうに彼女は思うのです。ふっと微笑がもれるのです。というのも、特急列車の名前に、アイヌ語で神と言う意味の、カムイという命名がそれとなくおかしかったからでした。アイヌの神がとても勇敢にまるで英雄のように疾走している感じが可笑しかったのです。ほんとうにこの日本にはたくさんの神々がいるのよね、わたしたちならただおひとりの神なのに、とアナスタシアは思い、でも、それがとてもいいことのように思うのでした。アナスタシアはずいぶん几帳面な細身の小さなロシア文字の筆記体で手紙をつづけました。


愛するオーレニカ、わたしはお手紙を書きます。ここはもう今年はじめての雪が来て、このあいだまではまだミゾレだったのですが、今日の夕べはほんとうの真っ白い雪になりました。わたしはいまここでひとりぼっちです。夏の終わりに来てくれたゴーシャはあわただしくノヴォシビルスクに帰ってしまいました。海外移住していいポストがみつかりそうだってね。地球環境の専門でしょ、国外の研究所に果たしてロシアの研究者など、必要とされているのかしら。そのことがまた、わたしを悩ませています。そうなれば、わたしもまたサーシャをつれて海外へ移住しなくてはいけません。わたしの両親ももう年金生活者でしょう、ですから、二人をシベリアにおいたままというわけにいきません。夫は、わたしたちが海外で数年して安定したら、わたしの両親も呼び寄せると意気込んでいるのです。そういうわけで、わたしはいわば岐路に立たされているのです。まあ、それはそれ。

ええ、この一冬をここでのりきって、四月の復活祭にはわたしはロシアに帰っているわよ。わたしの故郷へ、バイカル湖へ、チェリョモホヴォ、両親とわたしのサーシェンカがくらす埴生の宿へと帰ります。愛するオーレニカ、それよりもきょうはどうしてもあなたにこの手紙でお知らせしておきたかったことがあったこと。まるでこれは奇跡です、何という符合、いいえ、照応でしょう！　ええ、ええ、分かっています、いまあなたがいったいどこにいるのか、生きているのか、いいえ、そう簡単に死ぬようなあなたではないわよね、もう無事にパリで、すべてうまくいっているのかしら、いるにちがいないわ、とにかく、前のアドレスでこの手紙を出したいと思っています。かならずや着くでしょう。パリ大学で非常勤講師の仕事はまだ続いているのかしら。信じてます。あなたなら大丈夫だって。

ところで、ねえ、オーレニカ、話はこういうことだったのですよ。いいですか、聞いてくださいね。そう、あの時、わたしたちは二十歳だった。あなたもわたしもノヴォシビルスク大だった。あなたはウラルのエカチェリンブルグから。ねえ、あなたはモスクワに行かないで、わざとのようにシベリアを選んだのでしたね。わたしはバイカル地方の小さなチェリョモホヴォから。本当は当地のイルクーツク大でもよかったのですが、もっともっと広大な世界を夢見ていたのですから。


ねえ、憶えている?

あれは一九八九年の真冬。ほら、パステルナークの長篇小説『ドクトル・ジヴァゴ』がついに母国語ロシア語で出版されたというニュースで、わたしたちは二月だったかしら、吹雪の中を大学近くのドーム・クニーギの書店のまえに長蛇の列に並んだわ。そうそう、ロシア文学専攻のあなただったから、もうその前年にあなたは、文芸誌『新世界』に分載されたその長篇をすでに図書館で読破していて、わたしにいろいろと話してくれていたじゃないの。ねえ、オーレニカ、あのときわたしたちは二十歳だった。

二十歳だったのよ！　行列の挙句、あなたの番で、もう売り切れになってしまったわね。それでわたしはあなたからかりて読むことになったわね。そう、あの頃、真冬なのに、路面電車でもバスでも、大学生たちはみんな本を開いて読んでいたけれど、あのときは、ふっとその表紙をのぞくと、あの一九八九年初版の『ドクトル・ジヴァゴ』だったわね。もちろん、わたしもむさぼるように読みおえましたよ。でも、ほんとうのところは分からないことがいろいろあったわ。でも、あなたには全部わかっていた。そしてあなたはわたしに言ったじゃないの。そうそう、ナスチャに分かるまでにはもっと歳月がかかるでしょう、ってね。そう、わたしはほんとうにまだ子供のままだった。

そうそう、それから三年もたたないうちに、わたしたちのソ連邦は瓦解した！　途方もない出来事だった。わたしはなんのことか分からないほどだった。そしてロシアが残った。そしてそれからわたしもまたその同じロシアに生き、大学院を終えてから、さて、アカデミックポストというと教職しかないので、いいえ、とても母校ではポストなどないのですから。わたしは大陸の果てのマガダン大にかろうじて東洋学専攻ということもあって、日本語日本文化を教える教師としてやっと就職したのでした。それもよりによって最北のマガダン大にね。そして授業と生活に追われているうちに、わたしは、わたしたちのあの耽読したはずの『ドクトル・ジヴァゴ』のこともすっかり忘れ果てていたのです。

4

アナスタシアは少し手をやすめて頬杖をつき孤独な物思いにふけりましたが、これは小さい頃からの癖のようなものでした。また長距離の特急列車のひびきが遠くからかすかに近づいてくるのが聞こえました。あきらかに上りの列車でしたから、駅の保線区内の境目から始まる白樺の防雨林のあたりから減速され、その減速のせいで七輌編成の流線型のカムイのひびきは低い地響きのようになってアナスタシアの二階のカーテンを揺らしたとでもいうように、積分の図形のような鉄路の交わったなかの一つの線路をえらびながら、いま、彼女の近くを音もなく過ぎていくところだったのです。このようなときは、いつもきまって、アナスタシアは不思議な感じにつつまれたものでした。

その列車に乗って車窓を見つめているようなだれかが、このような線路沿いのアパートについた灯りをカーテン越しに感じながら、わたしがここにこうして存在していることを知っているのだろうか、いや、少なくとも、いやいや、だれか一人でいいから、ここで、このような部屋の静けさの中で、わたしが、このアナスタシアというロシア人が孤独のなかで、この年の冬にこのように手紙を書いていることを、いや、そんなことを思う乗客などいるはずがないだろうと、しかし、それでも、だれかがここにこのわたしが生きていたことを感じていてくれた乗客がいるに違いないと、彼女はふたたび物思いからさめたのです。マガダンに赴任できたときは、そうね、流刑になったというような感傷に浸ったけれど、それだって、よく生きるためだったじゃないの。父も母も、反対はしなかったし、わたしの旅路にそっとエールを送ってくれていたのだもの。

もちろん、もちろん、一体だれが知っているでしょう、そうね、わたしのあの広大無辺なロシアでさえ、わたしのチェリョモホヴォの小駅がシベリア鉄道本線の大蛇の急行列車に過ぎ去られるとき、わたしの子供時代と少女期の小さな古風な木造の家など、そこの窓でだれがいて、だれが灯りのもとで本を読み、あるいは手を振っていようと、それはこの世に自分がいるということのなんの証明にもならないことだったように、アナスタシアは思い出していたのです。でも、このような郊外の小さな田園都市の沿線では、ひょっとしたら、だれかがわたしを窓辺で見知ってくれているということだって、あっていいのではないかしら、とアナスタシアは列車がここの駅で停車するのを感じ取ったのです。そうそう、あの駅のホームは可笑しいわ。冬は雪で吹き溜まりになりホーム上に、一頭の馬橇を曳く巨大な農耕馬がおかれているなんて、しかもそれは鋼鉄製なのだから、列車の待ち時間に手でさわってとんとん叩くと中の空洞がひびいていいなくようにきこえるのだもの。アナスタシアはおもしろいなあと思い出しました。

アナスタシアの机の木製の小さな書見台には、まるで一冊の肖像画のように、『ドクトル・ジヴァゴ』がのっているのです。アナスタシアはそれを横目に見ました。いや、その本から見つめられている自分を感じていたのです。

それは質素な造本で、表紙は、ただぶっきらぼうに、作者パステルナークの名と、その下に、妙なブロック体で、《ДОКТОР ЖИВАГО》、と赤で打ち出されているだけだったのです。そして印刷紙ときたら、まともな書籍用紙というよりは再生古紙でもいちばん粗悪な紙だったのですが、アナスタシアにとってはそんなことは問題にもならないのでした。大事なのは、この一冊が、一九八九年の冬の第二版であることだけが、燦然と輝くじぶんたちに輝ける青春の記念塔だったのでしたから。このような異国の僻遠の地で、いまわたしはわたしたちの青春の時間をここに保存しているのだという思いがアナスタシアを涙ぐませるに十分だったのです。ふたたび彼女はオーレニカあての手紙の続きを書き始めました。

聡明な愛する友よ、そうなのです、わたしはこのような土地にあって、このように、ここで、たった一人で、まるで漂泊者とか古代の吟遊詩人とでもいうように、ええ、女性で吟遊詩人だなんて、いささかへんてこですけれども、おそらくはこの大きな島でも誰一人もっていないような一冊を、ここに眺めながら、あなたにぜひとも知らせておきたいのです。ええ、それは生きた証の存在証明にも等しいものではありませんか、だって、わたしたちは、愛する心優しいオーレニカ、あなただって、わたしだって、いまはこのように元気で健康を保ってはいるけれど、よく考えてみれば、明日だってほんとうは分からない身の上なのです。こうしてあなたに、

かならず届くと信じて、このように手紙を書いておくことがどんなにか大切なことでしょう！

ええ、本題にはいりましょうね。実を言うと、つい先日のことですが、ロシア文学研究者であるプロフェッソルK《カー》から、突然わたしはこの一九八九年年版の『ドクトル・ジヴァゴ』を手渡されたのでした。彼はにこにこしながら、わたしが雪解けの春には帰国することを聞き知って、わたしにこの一冊を手渡しました。そしておっしゃったのです。もちろんわたしだってびっくりしました。わたしたちがあの一九八九年の冬の吹雪の中で行列してやっと手に入れたあの本と同じ版だったのですからね。プロフェッソルKはこうおっしゃったのです。さあ、どうでしょうか、この一冬の間に、これを全部朗読してカセットテープに録音していただけたらどんなに素晴らしいことか。ええ、もちろん、ぼくはまだこの翻訳に着手する力量も余裕もないのですが、ぜひ、あなたの声で全部、そう全部です、パステルナークの子息のエヴゲーニー・パステルナークの序文から、巻末の詩篇、そしてV・ボリーソフのあとがきまで。

もし、アナスタシアさん、あなたがこのロマンに関心があるのでしたら、最後の最後まで、この一冬が終わるまでに朗読録音してくださったなら、これはたいへんな財宝になると思うのですよ。ちょっとおおげさかなあ、人生の宝ものにね。ええ、わたしはこの朗読の仕事にたいして報酬をきめています。

愛するオーレニカ、こんなふうに提案され、このわたしたちが二十歳で読みふけったと同じ版の一冊を眼の前に出されたのですよ。わたしは息がつまる思いでした。どうですか、とプロフェッソルKはにこにこしていました。ええ、実はこの二冊はたまたまモスクワで、そう、クレムリン前の地下街のグムで買ってきていたんですよ。ええ、ドルショップでね。ああ、もちろん、その後、この版が出たあとで、パステルナーク五巻集成が、そうそう、八九年から九二年だったかな、出版されたんですよ。ええ、ソ連邦崩壊の前後そのさなかに五巻集成が出版されるなんてね、凄いことです。

五巻本は、わたしの手元にあるのでいっこうにかまいません。少し込み入った話ですが、ゆるしてくださいな。一巻から四巻までが、ソ連邦で、そして第五巻目は新しいロシア共和国で、ということになりますね。つまり、強大なソ連邦国家が崩壊しても、モスクワの《芸術文学》出版社は、そのまま仕事を継続しているという凄さです。そうそう、この五巻本は、第五巻の書簡集をのぞけば、発行部数が、いいですか、三十万部。とくに『ドクトル・ジヴァゴ』の巻は、三十万五千部でしたよ。つまり、あはは、五千部上乗せしたところがおもしろいですね。これはチェーホフ全集より十万部も上回る発行部数じゃありませんか！

ねえ、オーレニカ、このときばかりはプロフェッソルKはまるで腕が鳴るとでもいうような手つきで、いくらか興奮してね、活字文化は、ことばの仕事とは、たずさわる人々の矜持というべきでしょうね。ねえ、アナスタシア・アンドレーエヴナ、これは自慢したいがためではありませんよ、その五巻本の編集委員には、詩人のA・ヴォズネセンスキー、中世文化史のD・リハチョフ、そしてパステルナークの子息のエヴゲーニー・パステルナークが顔をそろえているんですからね。で、わたしは詩人のヴォズネセンスキーにも、ご子息のエヴゲーニーさんともお会いしているし、なによりもまず、ドミートリー・リハチョフ博士にはレニングラードのプーシキンスキー・ドームで、多忙なところを二十五分間だけ時間をさいていただいて、面会でき、そしてね、『ドクトル・ジヴァゴ』研究について助言をいただいたんですよ。どうです、凄いでしょ？　などと、おサルさんみたいな顔の皺なんかよせて、ねえ、オーレニカ、やはり自慢でしょうね、わたしにはとても嬉しかったわ。だって、わたしたちはリハチョフの書物で学んだじゃないですか、わたしたちがあこがれていた不屈の碩学に、会っているだなんて、何という幸いでしょう。それでね、話が脱線して、プロフェッソルKがおっしゃるには、リハチョフ博士に会えたことに興奮して、そのあとイサーキー寺院の、ほら、丸屋根があるでしょう、あそこが展望台になっているでしょ、ぐるぐる寺院内の階段を登りつめて、さて丸屋根にでて、そこから鉄の梯子がついていて、それをさらに登って、いよいよレニングラードを眺め渡すのだけれど、何とまあ、その梯子の桟が一つ腐っていてね、プロフェッソルさん、足をすべらし、宙づりになって、もう一巻の終わりだと観念した瞬間、うしろで鉄梯子をのぼってきた大男のロシア人が足をささえてくれて、やっと梯子をおりられたのですって。で、ね、地上に落下寸前に、あれがネヴァ川、あ、この真下の建物がエセーニンの自殺したホテルか、と思ったんですって。ねえ、オーレニカ、そこまではいいとして、プロフェッソルさん、そのときはなんともなかったのに、日本に帰ってしばらくしてから、高所恐怖症の症状がでて、まだ治っていないんですって。ちょっと、変人ですよ。そう、わたしたちの言う、チュダークよね。

　こうして、オーレニカ、わたしはプロフェッソルKと約束したのでした。いいえ、報酬だなんて、提示されたもののそんなことはちらとも眼中になかったわ。わたしは夢を見ているような気持ちでした。プロフェッソルKは無類の好人物でね、ほらわたしたちが、ドーブルィ・チェロヴェク、というような人なんですよ。わたしの窮状をそれとなく気遣ってくださっての提案だったのでしょう。もちろんわたしはその報酬額にはびっくりしました。でも、はい、と答えたのです。でも、このときどういうわけか、わたしたちが二十歳で、この同じ版の本を夢中になって読んだということを、口にできなかったのです。ただ、ええ、若い時に読んだのですが、よくわかっていなかったように思い出されますと、わたしは答えました。

　するとチュダークさんも笑って、おお、おお、むろんぼくだって、さあ、どれだけわかるでしょうか、いいですか、アナスタシアさん、ぼくは自分がパステルナークの死んだ年齢になったなら、きっとどんな無理を押してでも日本語の新しい翻訳を成し遂げたいと思っているんですがね。でも、どうなるかまったく予想がつきません。あなただって急ぐことはありません。なあに、神のご加護がありますよ、アナスタシアさん。そう言って、まるで何事もなかったように、ほらついさっきまでの美しい雲がふっといなくなっているみたいに、彼は立ち去りました。

ちょっとキツネにだまされたような気持ち。だって、いいですか、どこまで進んだとか、そんなことは一切関係なく、連絡もいりませんよ、さあ、無事にこの一冬を元気で生き延びて、完成したら、ぼくに連絡くださいね。これだけだったのです。ほんとうにプロフェッソルKは、わたしに期待していたのかしらと、いぶかしく思いましたが、この原本を渡された途端、わたしのうちに希望の灯がともったのです。

さあ、愛するオーレニカ、あなたがいまパリであろうとどこであろうと、どこにいようと、あなたにだけは知らせておきたいのです、いいですか、わたしの声が、『ドクトル・ジヴァゴ』のテクストの声として、少なくとも永遠に残るのかもわからない！　おお、すっかりおしゃべりに夢中になってしまってごめんなさい。ああ、わたしはこの朗読の時間、日々を、月を経て、生きていて、日々の孤独な暮らしの中で、一体何をあらためて理解することになるのでしょうか。そう、わたしはまったく詩人的気質ではないけれども、この仕事の意味がとてもよくわかるように思うのです。

そうそう、蛇足になるけれども、賢明なオーレニカ、わたしの名前アナスタシアというのは、その原義は、復活するもの、すなわちふたたび元気で立ち上がるもの、という意味ですからね、無事に生き延びて、わたしたちの二十歳の記念のこの書の朗読を心をこめてやりとげ、復活祭の四月には、わたしは母国にいることになるわ。

さようなら　あなたのアナスタシア

2章

1

まだアナスタシアにはほんの少しだけ迷いが残っていました。きちんと整理された机上の、書見台に立てかけられたそのほおずりがしたいほど懐かしい一冊の本を見つめながら、まだ最初のページを開くのがこころなし恐ろしくも思われていたのでした。質素な文字だけの装幀のその本は、ナナカマドの実のような赤色で印字された表題の《ДОКТОР ЖИВАГО》のせいでか、まるで本がそのまま画像のないイコンのようにさえ思われました。ひょっとしたら、これは神のご加護というべきなのではないのかしらとさえ思えたのです。だって、このページを開いた途端、わたしの十五年間が目の前に繰り広げられるようにも感じられたのです。

あの輝かしい青春とでもいうように、アナスタシアの胸が少し苦しくなりました。

わたしは二十歳で、その二月の吹雪の日に、あの長い行列に並んで、オーレニカと一緒にやっと最後の一冊を手に入れることができた、何という幸いであったでしょう、いまここで二度目の冬をむかえてとうとう孤独でホームシックに罹っている自分にあの冬の歓喜と恍惚とが、このページを開きさえすれば甦るのだという思いだったのです。

でも、アナスタシアはなにごとにもきちんとしたまるで建築士の精緻な製図のような秩序が必要だったのです。朗読を始めて、録音を続けるとして、一日何ページを読んだら帰国の復活祭前までに間に合うだろうか、そう、きっちり三か月として、四〇〇ページ以上を、一日も休まずにでも、おそらくは七ページは必要でしょう、そういうような計算をアナスタシアはしてみて、いやそれでは危ない、などと自分でも可笑しくなったのです。いいえ、そうじゃありませんよ、アナスタシア、ひょっとしたらもっともっとたくさん朗読しないと、何があるか分からないのだから。一週間風邪で寝たきりになったらどうするのかしら。ともう一人のまだ二十歳のアナスタシアがつぶやいているのでした。

でも、さあ、思い出せないわ、あの冬、わたしはどんなふうにして読破したのでしょう、ええ、オーレニカが三日三晩で読み上げて、すぐにわたしにまわしてきたのだったから。オーレニカの興奮ぶりと言ったらなかったじゃないの。彼女の瞳はエメラルドみたいに輝いていたわ。

アナスタシアは窓を開けクリスマス・イブの冬野のいい空気を室内にいれてから、窓辺によってしばらく眺めていました。こぞの冬をこの田園市で初めて経験したのでしたが、想像以上に雪が多いのにびっくりしたのでした。シベリアの雪とはまるでちがってずっしりと重かった。

眼前にはもうすっかり雪化粧した遠くの冬野、ゆるやかな森辺、そして木々、まだすこしも葉をおとしていないカシワの林、そして小さな家々、それから真近かになってこの鉄道の敷地内のように横にひろがって線路や待避線、幾つもの洞窟のようなレンガ造りの立派な建物、あれはみんなこの機関区の待避線だったのね。雪野に放置された車輛や除雪車、赤いディーゼルエンジンの機関車たち、それはまるで装甲列車のように思われたので、思わずアナスタシアはじぶんの故郷の小さな駅を思い出させられていたのでした。

ああ、わたしのチェリョモホヴォ駅ならば、とアナスタシアは風に吹かれたやわらかい褐色の髪を手でおさえました。そう、ヨーロッパ・ロシアからウラル山脈を越えて疾走して来るわれわれのシベリア鉄道本線の急行列車はまるで命がけとでも言わんばかりに全身全霊全速力で、幾つもの大河をいんいんと轟音あげて渡り、そうしてようやくわたしたちのシベリアの奥地へと、そしてタイシェット、そしてジマー、そして、そして、わたしのチェリョモホヴォなどは各駅停車の地方列車でなければ停車なんかしないのだから、そう、事故でもあって不時停車ならべつだけれど、この世に存在しない小石のように無視され、そしてやがて大きなアンガラ駅に、そしてバイカル湖手前のイルクーツクで停車する、そんなふうにアナスタシアはいま、この市の雪の荒れ野になった機関区をながめやりながら思い重ねていたのです。そのときもちろん、そっと心象風景には、背後の机上にある一冊の本の中の情景がかすかに揺れ動いていたのでした、彼女はそれを心で感じていて、それをこそ神のご加護と言うべきかもしれないと思ったのです。駅舎のプラットホームから出る列車の合図が風に運ばれて来ました。

机上には小ぶりな花瓶がのっていて、それにはバラの花が一輪だけさしてありました。まだ昼のうちに駅前のアーケードの商店街にでかけ、ついでにフラワーショップで一輪だけ真紅のバラの花を買ったのでした。うれしかった。ただ一輪の冬の日のバラの花なのに、店員はクリスマスの贈り物かと思ったのか、アナスタシアが何も言わないのに、きれいな包装紙でていねいにくるみ、下を銀紙でくるんでから、リボンを結んでくれたのでした。そのバラの花はいまわが青春の本のそばにそっと立っているのです。かすかに匂ってさえいたのです。

もちろんクリスマス・イブのこの日は駅前の通りにはそれなりに近在から集まった人たちが買い物に興じていましたし、駅の真ん前にはカナダから贈られたという強大なトウヒの木が空をついていて、それは平屋建ての駅舎の屋根よりも高かったのです。そのトウヒの木が、クリスマス・ツリーになって色とりどりの飾りがなされていたのでした。駅舎と言ってもとても古びた木造建築で、行き先の上り下りでことなるペロンに行くには、軋みがちな頑丈な木造の広い階段のある跨線橋をわたらなくてはならなかったのです。これはアナスタシアの故郷の駅にはないものでした。だって、じかに線路の路床から乗り降りできましたから。

アナスタシアは窓を閉めました。さて、どうかしら、とつぶやきました。孤独がその声で明るくなった気さえするのです。可笑しかったわ、とアナスタシアはまたつぶやきました。オーレニカの口癖は、おおげさったらありゃしなかったわ、なににつけても、さあ、いのちがけよ、って言うんですもの。この本を、とアナスタシアは言いかけて、いいえ、あなたが読むときだって、あの吹雪のなかでミトンをはめた両手で毛皮コートの胸にあてがって、撫でさすりながら、さあ、ナスチャ、わたしたちいのちがけよ、と言ったわ。わたしたちは二十歳だった、恐いものなんてなかった、いのちがけとおもえば、かならず神のご加護があると、オーレニカの口癖だったわ。

アナスタシアは机に向かい、本に向かい、アラジンのストーブは節約モードで弱にして黄色い炎を見つめました。そして頬杖を突きながらふっと眠気を覚えてしまったのです。

一輪のバラの花、書見台にはわたしたちの一冊の本。やがて窓の外を長距離列車のカムイ号が転轍された単線に入ったときのガタンゴトンというゆっくりとこれから速度をあげる重さを響かせていたのです。この季節、マイナス二〇度などシベリアならへっちゃらなアナスタシアにとっては、このようなまどろみは春のようでさえあったのです。

微睡みのなかでたちあらわれたオーレニカが言っていました。ねえ、ナスチャ、詩人が一生かけていのちがけで書いた本は、もちろんわたしたちだっていのちがけで読まないとならないことよ、わかる？　そのようにして書かれたことばこそが、いのちなのだから。さあ、アナスタシア、あなたの声が、いのちそのものじゃないかしら。声がなくなるまで、読んで読んで、あなたの声をこの世に残して、そう、遺言なのよ、そう、ことばの意味そして思想はもちろん作者が生み出したものだけれど、それを声で読んで、じぶんだけのいのちを吹きこむのはあなたなのよ、あなたは復活祭まではロシアに帰国するのだもの、少なくとも三月の終わりまでには読み終えなくてはならないわ、いいこと、いいですか、いつだってあなたは慎ましすぎ、貞淑すぎて、そうね、「オネーギン」のタチヤーナみたいじゃないかしら、でも、ちがうわよ、いいこと、ほんとうのタチヤーナはとっても強いのよ、さあ、わたしのナスターシャ、ロシアのクリスマスは一月の七日ですからね、ここことは違いますよ、だから、十分余裕はあるわね。新年から読み始めて、復活祭のずっと前に読み終え、そしてあなたは使命を果たして帰国するのです。そう、あなたが母国を棄てることになるかどうするのか、その選択だって、この一冬のいのちがけの声の朗読にかかっているのよ、さあ急ぎなさい、臆せずに、わたしたちが二十歳だったときの偏見を恐れずに詩人のいのちの本をもういちど読み終えたあとにこそ、あなたのほんとうの結論が生まれるのよ。棄てるに値する母国かどうかもね。

ラーラを選ぶか、トーニャを選ぶか、いいえ、もう一つの選びがあるのかどうか。

アナスタシアの横顔は、ヨーロッパ・ロシアのロシア人のように少しばかり細面だったので、かたわらのバラの花のそばでまるでまだ十五、六歳の少女期のように幼く見えていたようでした。

2

翌日のクリスマスの日、ドアのチャイムの音が小鳥のさえずりのように鳴ったのでした。そしてとんとんと子供の手でノックするような音が聞こえたのです。クリスマスの日だからといって、訪ねて来る人はこの街にはすぐに思いつかないのでしたが、もしや何か荷物でも着いたのかしらと思って、ゆっくりとドアを半開きにしてみますと、通路に小さなおかっぱの小学生が立っていたのです。おやおや、こんにちは、とアナスタシアは言いました。女の子は手に紙袋をさげておりました。

冬の日はもう日が暮れかかっていましたが、雪雲はどこにもなく、空はまだ青空がどこまでも広く残っていて、白く雪に覆われたこの水田地帯の平地と遠くに里山の裾あたりまで陽が射し、太陽の間近に浮かんでいる旋毛みたいな雲の縁がうす桃色に彩られていたのです。おやおや、《シラカバ屋》さんのトンちゃんですね、まあ、おつかいかしら？　どうしたんでしょう、とアナスタシアは言いました。するとその子は手提げの紙袋をぐっとさし出し、クリスマスのプレゼントです、おじいちゃんからよろしくと言っていました、と恥ずかしそうに言い、アナスタシアの手にそれを手渡すと、たちまち踵をかえし通路の階段をとんとんと駆け下りるようにして立ち去ってしまいました。

ありがとう、ありがとう、とアナスタシアは思いがけず大きな声を出して、通路にでて、鉄の手すりから女の子に叫びました。

午前中早く大学の研究室に行き、調べ事をし、交換研究員の成果を報告する論文を書いていたのですが、午後早くアパートに戻って来てからはずっとひとりぼっちの孤独の中で、あれやこれやと思い出に耽っていたところだったのです。大学ももう冬休みに入っていたので、学内は静けさにつつまれていました。仕事をきりあげたところで、そのときふと思い立って、守衛室の係に声をかけ、語学録音室になっている三階のラボのカギを借りたのです。守衛さんはアナスタシアのことをもうすっかり知っていたものですから、ああ、精がでるねえ、アナスタシアさん、一日も休まず勉強ですね、ご苦労さんです、とお辞儀して、すぐにカギを渡してくれました。そのことばがふっと思い出につながりました。

　そういえば、パパがそうだったわ、とアナスタシアはふっと笑いがこみあげたのです。ラボの録音室に入ってみると、ガラスで仕切られた録音ブースがあって、そこで、そのいわば真空箱の中で録音デッキを自分で操作しながら、カセットテープに朗読録音をすることができるわけだったのです。知ってはいたのですが、これまでは録音ブースには見向きもしていなかったのです。ブースの器機を確かめたあと、アナスタシアはほっと安堵した気持ちになって、また、テレビ番組を見ていた守衛さんに声をかけ、カギを返し、明るい気持ちになって、アパートへ戻りました。

　大学からの途中、車道は雪がとけて路面がびしょびしょになっていたのですが、舗道の雪はそのままで、ゆっくりすべらないようにして歩きました。歩きながら、そうね、毎日休まずあの録音ブースで朗読を録音すること、そして、いいえ、でも、毎日というわけにはいかないこともあるのだから、やはり、自分用のそれなりの性能のいいカセットテープの録音機を買わないといけないわ。アナスタシアは残りの三か月を節約して暮らすべきだったのですから、市内の電化製品の店頭を思い浮かべていました。その途中のことでしたが、大学から駅に向かうまっすぐな街路をすすんでいくと、国道と交差するところの右手に《シラカバ屋》という看板をかかげた間口に小さなパン屋さんがあるのでした。

夏にイーゴリが来たときに、二人で入ってみると、お店の中はテーブルが四つばかりあって、そこで紅茶とピロシキのセットメニューがあったのでした。

先ほどの女の子は、この店の子だったのですから、ずいぶん遠くから、クリスマスの紙袋を届けてくれたことになるのでした。

中をあけてみると、まあ、おどろいたわ、アナスタシアはわっと声を出しました。それはクリスマスケーキではなく、クリスマスのピロシキとでも言うべきでしょうか。イーゴリと一緒に注文したごく普通の巴旦杏《アーモンド》型のピロシキではなく、いろいろな形をしたピロシキで、チョウザメ型をした細長いピロシキまで入っていたのです。そして、今日焼き上げたばかりとでもいうようなまだ柔らかいライ麦の黒パンが三個。それがなんとまあ、ロシアの国営の店でよく売られている大きさの黒パンだったのです。アナスタシアはそれをバラの花のある机上に並べました。そしてイコンのような一冊の本のそばで、黒パンは酸っぱいような甘いにおいをもたらしたのです。アナスタシアは思いました。イーゴリはとても口数がすくなく、不愛想な方でしたから、夏に初めて入ってみた《シラカバ屋》で、ピロシキを食べ、紅茶を飲みながら、とても美味しかったはずなのに、それを顔にもみせず、無口だったのです。黒パンの他に普通の白いパンや菓子パンをならべている売り台の奥から、そのとき一人の老人が顔を見せ、おお、おお、と言うようにして二人に挨拶しに出てきたのでした。それで、アナスタシアはこのお店と、この老人とを見知ったのです。でも、イーゴリが帰ったあとは、あれから二度ばかり立ち寄ったばかりでそれからはほとんど立ち寄ることもなく、冬になってしまっていたのです。

そう、あのときはつい長話になってしまったわ、とアナスタシアは思い出しました。日本語が分からないイーゴリはアナスタシアの翻訳でしか話は分からなかったので、じつにぶっきらぼうで退屈そうにしていました。《シラカバ屋》の老主人はもう年のころはとっくに八十を越えていたのですが、小柄ながら箱型のがっしりした体格で、ただ足が悪くて片足を引きずっていたのです。ええ、はい、ロシアからあなたが大学にこられておるとは知り合いから聞いてとっくに知っておりましたよ、となりの席に腰かけて彼は話し始めたのです。すると奥から娘さんらしい太った婦人が出て来て、お父さん、と言って長話をしないように注意したのです。それでも老人は片手を振って、いや、いや、わたしはこの人たちとぜひとも話したいのだから、黙っていなさい。そして老人は思い出話をもっぱらアナスタシアに向かって話してくれたのでした。イーゴリは扇風機の風をうけながら退屈そうにしていました。アナスタシアは、まあ、ほんとうにロシア人みたいに話が好きなんだわと思って、相槌をうちながら、老人の話に耳を傾け、そして思わず、驚いたことがあったのです。

まあ、《シラカバ屋》さんは、バイカル湖もイルクーツクも、タイシェットもご存知だったんですか。いやはや、もちろんですよ。いいですか、わたしは二十歳で兵隊にとられて、満州のボタンコウというところでソ連軍の捕虜になって、それで最初はウラジオストック、それからイルクーツクというふうに運ばれて行って、そうして、どういうわけか、生きて日本に帰って来られたのですな。これも黒パンのおかげですよ。はい、それでね、いまこの歳になっても、このように黒パンを趣味《フクース》として焼いておるんです。アナスタシアが詳しく聞いてみると、待っていましたと言わんばかりに、彼は満面をくしゃくしゃにして話してくれたのでした。

はい、あれはねえ、最後にイルクーツクの西岸地帯の森林のラーゲリに着いたときでしたなあ。わたしども三〇〇人ばかりの捕虜が集められ訓示をうけましたよ。いちばん偉いのが荒れ野のラーゲリ広場の木の台にのって演説したのです。通訳がいましてね、それはこの中でパン焼き職人がいるか、という質問だったのですよ。いるなら手を挙げよ、というのですな。わたしはまだ二十一歳だったんだが、兵隊にとられるまで、ほれサッポロの父の店で、パン屋でしたからね、パン焼きの手伝いをしとったもんだから、いいですか、わたしがまっさきに手を挙げたのです。びっくりでした。三〇〇人もおりながら、パン焼きができるのがわたし一人だったのです。すると係がすっ飛んで来て、ハラショ、ハラショと言ってわたしをまっすぐラーゲリの厨房に連れ行ったわけです。その日から、黒パンを焼かせられることになったのです。いやはや、それはもう重労働でしたなあ。でも、おかげでわたしはシベリア鉄道の枕木伐採のような過酷な労働からはまぬがれたのです。ええ、ずいぶん死にました。ええ、もちろんです。黒パンといってもライ麦が十分足りているわけではないので、水増しのぶよぶよした粘土みたいなパンを焼くしかなかったのです。そしてやがてわたしはほんとうの黒パンの焼き方を習得したのです。

はい、わたしは若かった。体力も気力もあった。でもな、年のいったひとたちはかわいそうだった。でも、すべてがすべて地獄と言うわけではなかったんだ。奥地の貧しい人々はほんとうにいい人たちだった。自分たちでさえ飢えているのに、われわれをかわいそうに思って、よく声をかけてくれた。かならず神のご加護がありますようにと祈ってくれましたよ。

いや、退屈な話をしてしまいました。狭い町ですからね、実はアナスタシアさんという研究者がはるかシベリアからこんな田舎町の大学に来ていると聞き知っていたのです。いったい、ここの何が役にたつのでしょうかな。あはは、黒パンはわたしの青春の思い出なのです。老いては、まあ、糖尿病の薬にもなるので、わたしは毎日欠かさず、黒パンを一枚、きちんと食べることにして長生きを心がけています。おお、そうそう、わたしの黒パンですがね、これは、野性ホップを採集してきて、それを使っているんですよ。ええ、わたしのレシピは、ホップたねの温度管理がいちばん大事ですが、いいホップが肝心ですなあ。ここらへんは日当たりのいい林間地帯、どこに行っても、ホップが自生していますな。そうきっかりここでは九月の二十三日から二十六日となると、いかなる気候であろうとも、ホップの花が満開になる。それを採集しにいくのです。いや、ありかは秘密ですが、それは営林署勤めの甥っ子に教えてあるので大丈夫。ああ、バイカル湖の森林は、もう野性ホップの宝庫といってよく、ラーゲリの黒パン職人を一手に引き受けていた自分としては、あの秋のホップとりが夢のような、酩酊の時間だったのです。村からは若い娘さんたちが手伝いにかりだされていたもんだった……、おお、アナスタシアさん、一つわたしのホップたねの味をためしてごらんなさい。そう言ってシラカバ屋さんは奥にもどって、小さじにどろりと赤黒いそのたねとやらをもってきて、さあ、なめてごらんなさい、とにんまり笑ったのでした。ええ、アナスタシアはそれをちょっと舐めました。おお、おお、何という酸っぱさ！ シラカバ屋さんは大きな声で笑っていたわ。

アナスタシアは《シラカバ屋》の老主人の述懐を思い出していました。あのとき、ええ、わたしはバイカル湖も近くですから、とほんとうは言ってよかったのに、言いそびれたのでした。

シラカバ屋さんは、わたしのことを思い出して、いま、きょう、わたしに、クリスマスだからといって、プレゼントを孫の幼い娘に託してとどけさせたのでしょう、あのときの酸っぱかったこと。そう思うとアナスタシアは、あの小さな女の子から、自分のもっと幼い息子のサーシュカを老いた両親にあずけてまで、ここに来ているような旅の身が、ほんとうにただしいことなのかと息苦しく思われたのでした。イーゴリはもちろんノヴォシビルスクで夢中になって研究に打ち込んでいるし、ほんとうにサーシェンカに父としての愛情を覚えているのかしら。

そしてここの大地でのクリスマスの夜になったのです。アナスタシアは《シラカバ屋》さんの贈り物の黒パンを切って、お皿に並べ、チーズと安いソーセージ、そしてキャベツとジャガイモのスープを温めなおしました。列車が近くを過ぎて行きました。アナスタシアは窓のカーテンを開け、夜空を眺めました。満天の星空でした。寒さは、もちろんもちろん、故郷のシベリアにくらべたら物の数にはいりませんでした。それでも肩に花模様のあるニットのカーディガンをかけ、星たちのさんざめきに耳を澄ませていました。聞こえる？　ええ、聞こえるわ。分かるの？　ええ、そりゃあ、ぜんぶわかるわよ、とオーレニカがこたえるのでした。オーレニカはいつか突然わらいだしました。思い出し笑いが多かったのです。そしてアナスタシアに言うのでした。ねえ、ナスターシャ、可笑しくない？　だって、東方の三博士がラクダにいろんな贈り物をのせて、イイスス・フリストスの誕生を祝いにはるばるやってくるんだけれど、それが冬だなんてね。ロシアの深い雪の中を、雪を漕いで、洞窟のなかで生まれた幼子に会いに来るのよ。そして降誕祭の星たちがささやいている。しかも、洞窟の中にはマリアと幼子、そしてお乳をたくさんふくらませた牛がいるんだよ。可笑しいね。ねえ、お父さんのヨシフは姿がみえないじゃない、へんでしょ。父の像がないのよね。そう言って笑ったオーレニカ、あなたはいまどこにいるの？

3

このクリスマスの冬夜は思いきり悲しくさびしいものに思われました。たった一人のクリスマスだなんて。窓を開けてみると雪の待避線が明滅する灯りにぼんやり見え、それから雪野が、そして馬のたてがみのような防雪林の針葉樹の上空で美しすぎるくらい星たちが煌めいていたのに、ふたたび室内を見回すと、まるで見知らない小さな牢獄のような気がするのでした。この悲しみはいったいどこからくるのかしらと、ふと、また心の中でオーレニカに問いかけていたのです。ねえ、オーレニカ、わたしはもう三十五で、年を越えて四月の復活祭をむかえたら、もう三十六歳の、そうよ、もう立派な中年のおばさんといったところなのよ、それなのに、ここでたったひとりぼっちで、この世から忘れ去られたとでもいうような孤独感につつまれているのよ。そうね、ついにホームシックということよね、一昨年《おととし》の六月に来て、もう一年半にもなるのだもの。

そう、さあ、復活祭はロシアで、故郷の町で、家族の中で迎えるのよ。もうすこしの我慢ですね。こんなふうに中途半端にでも問いかけると、どこかすぐ近くにいるとでもいうようにオーレニカが笑い声で言っている気がするのでした。焦っているね。そう、分かるわ、だってアナスタシアは、何だって全力投球する性格なんだからね。そう、なにごとも命がけで、がわたしたちの青春の合言葉だったよね。うん、そうアナスタシアは答えていました。オーレニカがまた近くで言いました。大学の図書館でのように。あなたはね、ひとつのことを始めたら、休むことができないくらい夢中でまっしぐらに、倒れてしまうくらいに突き進むから、とても心配だよ。ドーパミンの使い過ぎっていうものですよ。そう、でも、いまあなたはとても大きなミッションを与えられているのだから、そりゃあ、迷いもあるわね、あれこれためらわずに、さあ、もう始めなさいよ、さあ仕事をなさい。悲しみもホームシックも忘れてしまうまで打ち込んだらいいだけ。

一日生きることでさえ、命がけなんだもの。あなたは幸いよ、だって、両親のもとには息子のサーシェンカが待っていてくれるのだから。ママ、ママ、早く帰って来てねと電話で言うんでしょ。あなたはそれだけで幸いなのよ。愛を感じあえるのだから。それなのに悲しいだなんて、孤独でさびしいだなんて、欲張りというものです。

アナスタシアは机上のバラの花一輪とそのとなりのイコンのような本を見つめたのでした。でも、まだ、本から呼びかけの声は聞こえませんでした。急ぐことはないわ、とアナスタシアは思いました。そう、作者の、そう、あなたの声が本の中から聞こえたときこそ、と思いながらぼんやりと頬杖をつき、アナスタシアはあれこれ思いを繰り広げました。

そうそう、二週間前に中央郵便局から出したクリスマス・カードと贈り物、一月七日のための、航空便は、今ごろどこでしょう。だって、万国郵便条約があるんじゃないかしら。わたしのロシアはどうなっているのしら。まずモスクワまで飛んで、それからはシベリア鉄道経由で、わたしのチェリョモホヴォまで、ああ、わたしの贈り物よ、道中ごぶじで、とアナスタシアは言い、贈り物、両親へのクリスマス・カードが届いたときの情景を思い浮かべました。

そして、父の顔を、と思ったとき、アナスタシアは苦笑といっしょに、嬉しさがこみあげました。ママの方はあのとおりだから、べつに驚きゃしないわ。アナスタシアは机の引き出しをひいて、ボールペンではなく鉛筆をとりだしていました。そこには鉛筆が、これまでつかった鉛筆が短くなったのもふくめてみんな綺麗に先が削られて並んでいたのです。アナスタシアは父の書斎の引き出しがそうだったのを、ふっと思いだされて、たしかに、オーレニカの言っていたとおり、わたしは父に似ているのかも知れないわ。パパは家にいるときはほとんど書斎で大きなデスクに向かっていたわ。

そう、わたしの子供時代は、父はほとんど家にいなかったわ。何週間も、ウラルからシベリアの河川研究で調査に入っていたのだから。本来は地質学者、それから河川研究に範囲を広げ、アカデミックなポジションから外されたけれども、さまざまな地方の役所からの依頼をうけて調査に入り、清貧に堪えながら、ひとすじの道を追い求めたものね。そうだった、わたしが大学に入ったころ、ようやく研究所に復帰することができて、やっと暮らしがそれなりに安定するようになったのだもの。ママはぼやいていたわ。でもママはよくわかっていたのだもの、というような思いが自分の綺麗に削られた鉛筆のならびを見ながら、アナスタシアは、ロシアの方眼紙のレターペーパーをひろげ、やはり、孤独なあまり、オーレニカ宛てにもと、鉛筆で、細字で、綴りはじめたのでした。

優しいオーレニカ、あなたはいまどこにいるのでしょう。無事にパリで暮らしているでしょうか。シベリアに帰りたく思わないかしら。そうそう、きょう、日本は、クリスマスですが、わたしはだれとも会わずに、こうして一人、冬の星座の下で、さびしい鉄道沿線のアパートの一室で、ほんとうにめずらしいことですが、過ぎ去った年々のことを思い返しています。

ああ、そうだ、一つニュースがあります。ほら、息子のサーシェンカにね、あなたはたしかまだ一歳だった彼しか知らないけれど、もう文字も読めるようになったので、わたしはここからロシアのクリスマスの贈り物にと、小さな絵本を航空便で送りました。ええ、郵便代がとても高かったわ。で、その絵本だけれど、この町にとても小さな絵本だけの本屋さんがあって、そこで偶然みつけたの。タイトルがね、『トッタカターとカペチンタ』と言ってね、この二人は、お兄さんと妹。気に入ってしまい、この絵本を買いました。で、部屋に帰ってから、そのおはなしを、サーシェンカが読めるようにロシア語に日本語からの訳をそえて、送ったのです。絵の方も素朴でとても愉快だったわ。でもよく読むと、楽しい本なのだけれど、ほんとうはとてもかなしくてならないこともあるのよね。

お兄さんのトッタカターは、とても早くに亡くなって神様のもとで暮らしているのだけれど、いつでも地上の小さなカペチンタのことを見守っていてくれて、困難が起きると、このお兄さんが、トッタカター！　と金色のラッパを吹いて、助けにきてくれるのです。天使のように翼があって、その翼で妹のカペチンタをかばってくれるのです。ええ、おはなしの結論はね、とうとうカペチンタが大きくなってお兄さんの庇護がいらなくなってからも、ずっとカペチンタを天から見守ってくれていたのです。ねえ、オーレニカ、このおはなしは、まるでわたしのことのように思われて、思わず涙がこぼれたの。

ほら、わたしの兄が、通信社でアフガン戦争の取材で亡くなったのですから。あのとき、九歳ちがいだから、わたしは十二歳だったかしら。このカペチンタがまるでわたし自身のように思われて、涙がでてしまったわ。そう、わたしは兄さんのニネリの分まで生きなくちゃならない！　わたしはこの絵本を、息子のサーシェンカ

――に読ませたかったわ。

　そこまできれいに芯を削った小さな鉛筆の細字で、方眼紙を埋めた手紙は途切れました。アナスタシアは兄のことをまざまざと思い出したのです。兄が亡くなってから、もう二十三年にも？　そう思い出して、アナスタシアはあまりの歳月の速さに驚き、そっと、イコンのような本を横目にみました。そうだ、わたしがここで、この部屋で、朗読するなら、天上の、いや銀河の彼方にいる兄にも聞こえるにちがいない、そう思ってアナスタシアは、立ち上がったのです。過ぎ去った過去の時間、そしてこれからの未来の時間。そのページの折り目のところにいま自分はいる。これが秘訣にちがいないわ。

4

　このクリスマスの夜に、おそらく広大なロシア大地のひとびとのほとんどがその名も知らないような日本の北の島の、その一隅の小さな地方都市のさびしいアパートの一室で、アナスタシアがあれやこれやと思い出しながらなかなか眠られずにいたことなど、彼女自身しか知らないことでしたが、でも、星空のどこかで天使の翼をもったトッタカターが見守っていてくれている気がしていたのでした。その翼と言ったら、とアナスタシアは思いました。一つの翼は現実を、そしてもう一つの翼は現実とはちがう世界を羽ばたかせて、バランスをとってくれているんだわ。ニーニャ兄さん、とアナスタシアはずいぶんひさしぶりに兄の名をつぶやきました。どこにいらっしゃるの。ああ、ぼくならどこにでもいるよ、美しい雲のようにね、風のようにね。だから、心配しないでぐっすり眠るんだよ。ああ、そうだったわ、お父さんがママに言っていたけれど。ニネリはあなた似だったねえ。はい。アナスタシアはお父さん、あなた似ですからね。うん、まあ、そのとおりだとわたしも気が付いているがね。

アナスタシアは眠りの浅瀬を注意深くわたるようにして、思い出していました。わたしはいつもいつも、お父さんの地図を、そう五万分の一の地図だったわ、ウラル山脈からバイカル湖までのたくさんたくさんの地図、それを綺麗に折りたたんで、地図棚にならべておくの。そう、河川地図。わたしがあんまり几帳面に丁寧におりたたむことができたので、父はデスクでびんぼうゆすりしながら、パイプをくゆらし、ときどきおおきな声をだして、痰をはいたりしながら、また論文の続きを書いていたものだったわ。わたしは父から教えられたように綺麗に折りたたむのがたのしくてならなかった。そのしあげぶりを見て、きっと父はママに言ったのにちがいないんだわ。そしてママはと言えば、ニネリが棺で帰還してからは泣いて、泣いて、一年も二年も、そうだったわ。わたしだって悲しくてならなかったけれどママほどではなかった。父はほとんど泣き言を言わなかったわ。ママはそれまで見向きもしなかった教会にお祈りにばかりいくようになったけれど、父は、まるで何事もなかったように、まだニネリがどこか長い旅に出ているのだとでもいうようにして、ごじぶんの仕事に毎日休みなく集中し、研究所にでかけ、そして普段とかわらず寡黙で、淡い灰色の眼をしばたたかせて、帰って来たものだわ。それをママは、お父さんは息子の死より、お仕事の方が大事だと言って、怒っていた……

アナスタシアはこの冬野の防雪林の針葉樹に降り立った翼のニネリに呼びかけていました。お父さんの言う通りなのね。すると、どこかで列車の入れ替え作業をこんな夜更けにしているのか、ディーゼル機関の声がかすかに風にのって聞こえてきました。そうさ、まだ旅の途中なんだよ、だってさ、むかしの人は三十年も四十年も一生かかって旅をして、やっと故郷に帰ってくるもんだったじゃないか。ぼくはまだまだだよ。そのかわり、かわいい妹のことは忘れないよ。
　アナスタシアの息がすやすやと聞こえるようでした。机上には消し忘れたらしく、橙色のシェードの古風な電気スタンドがともっていました。そっとそのスイッチを消しにとでもいうようにふっくらした手がのびてきたようにアナスタシアは感じました。その瞬間ですが、アナスタシアはオーレニカと一緒の夏の日の旅行を思い出していたのです。

　モスクワへ、モスクワへ、オーレニカは溌溂としていました。二人は初めてのモスクワへの列車旅だったのです。彼女は図書館で筆写して来たと言って詩人パステルナークの詩集のノートを手にしていました。ね、これはね、MKと本の下にラベルが貼ってあって、禁帯出本だよ、だからこっそり筆写して来たわ。そして、わたしの好きな詩は、と言って、アナスタシアの前で、暗唱してくれるのでした。わたしたちは十八歳だった。そう、わたしはオーレニカからその詩を生まれてはじめて耳にしたわ。わたしは眩暈がしそうだった。たしかにロシア語の、わたしたちの普通のことばなのに、まるでピアノ曲のようにきこえて、そしてすべてが過ぎ去っていったのだから、わたしはオーレニカにもっともっと暗唱してほしいと頼んだわ。疾風怒濤のように疾走する列車の車室で、オーレニカは膝の上のノートは見ないで暗誦してくれたわ。いま、アナスタシアはその詩句の断片が目の前にあるように思いながら眠りのなかで揺られていたのです。それはオーレニカのすこししゃがれた声でした。タイトルは無題でしたが、だから最初の詩句がタイトルの役をはたすのです。「いのちわが妹」くらいの比喩よね。

わが妹人生《シェストラー・マャー・ジーズニ》は、そしてきょう河水氾濫のさなか
春の雨となってひとみなにぶつかって打撲した、
しかし鎖飾りをさげたひと達は尊大に不平をかこち
いんぎんに　燕麦《からすむぎ》畑の蛇のように咬みつく。

それには年長者にはそれなりの理屈のあることだ。
もちろん、もちろん滑稽なのはおまえに理屈。
ひと夕立あればその眼や芝草は藤色で
湿った木犀草の匂いに地平が匂うと言うのだから。

そして五月、南部ロシア　カムイシン支線を旅し、
車室でぼくが列車の時刻表を読む五月に
それは聖書よりも
ほこりや嵐たちのせいで真っ黒い寝椅子よりも見事だというのだから。

たて続けに吠えたあとで不意にブレーキが
濁酒《いなかざけ》をひっかけた平和な村人たちにでくわすとすぐに
わたしの降りる小駅なのか　と人々は寝ふとんから顔をのぞかせる、
陽は沈みかけながらぼくにお悔やみを言ってくれるというのだから。

そして三度目発車のベルが水うつ音たて流れ去ってゆく
たて続けにお詫《わ》びを言って、お気の毒です、ここじゃなくて。
窓掛けの下に隙間風は火傷した夜となって吹き流れ
そして草原《ステーピ》は汽車のステップからひとつの星の方に倒れてゆく。

瞬《まばた》きまたたきながら、けれどもどこかで甘やかに人々は眠り、
そして愛するひとは蜃気楼となって眠っている。
デッキではおののきながらぼくの心臓が
客車のちいさなドアたちのように草原《ステーピ》の中を走っている丁度その時刻に。

アナスタシアは眠りの中ではっきりとオーレニカの暗誦の声に耳すませながら讃嘆の声をあげずにおられませんでした。どうじに悲しさで涙がこぼれそうになっていました。でもオーレニカは誇らしげに、ねえ、アナスタシア、ほら、ここよ、《そして愛するひとは蜃気楼となって眠っている》、ほら、ここよ、だって、わたしは図書館でぜんぶ書き写したのだもの、おぼえてしまったんだよね。アナスタシアは、うん、五月ね、そうよ、オーレニカ、わたしは五月にはもう、シベリアのわが家に帰っています。ライラックの咲き誇る頃には……

5

アナスタシアは夢の世界でオーレニカと一緒に列車に揺られながら、車窓には広大な

大地が一日中つづき、太陽は傾き、オーレニカは詩集の朗読を繰り返していました。さあ、ナスターシャ、おぼえたでしょ、あなたも暗唱してごらんなさいよ、オーレニカの笑顔がまあるくなりました。ほら、とても簡単よ、だって、韻律はヤンブ、弱強、弱強のくりかえしだもの。アナスタシアはオーレニカのノートをかりて、声を出してみました。

わが妹人生は、――シェストラー　マヤー　ジーズニ！　そしてきょう河水氾濫のさなか　春の雨となって　ひとみなにぶつかって打撲した……

アナスタシアは夢の中なのに、まるで起きて目が覚めているときのように、くっきりと、はっきりした口調で、暗唱していたのでした。それもほとんどよどみなく、あたかもじぶんがこの詩集をぜんぶ手書きで清書したとでもいうように明瞭な声だったのです。するとどこから現れたのか兄のニネリが若々しい顔のままでウインクしながら、すると彼はトッタカターの天使の翼を両腕のように組みながら、言ったのです。いいかい、この《わが妹人生》というのは、可愛い愛するカペチンタ、おまえのことなんだよ。だって、永久におまえはぼくの妹なんだからね。いつだってぼくはおまえを見守っているよ。ぼくはおまえの守護神といったところさ、そう言うのでしたから、アナスタシアは胸が切なくなり、しめつけられ、はっきりしたことばで、はい、だいじょうぶよ、と答えていたのです。

あたりに、《シェストラー　マヤー　ジーズニ！》というひびきが水の流れのように聞こえ出しました。アナスタシアはもうだれでも知っていたことですが、寝言のことばがいつでも明瞭で、夢の中でも現《うつつ》のように話していたのでした。

アナスタシアはつづいて父の地図棚におかれた多くのきちんとおりたたまれた地図から、次々におおくの大河が雪解けで氾濫する光景をながめていたのです。オビ、イルティシユ、エニセイ、アンガラ、次々にアナスタシアが折りたたんだ地図の大河が春の洪水であふれかえり、その上空をお兄さんのトッタカターが翼をひろげて大地の小さな雪割草のように涙をながしているカペチンタに、元気のいい明朗な声で、かわいいカペチンタ、だいじょうぶだよ、ぼくがついているからね、元気をだして行くんだよ。カペチンタは涙をこらえながら、答えていました。

その声は、アナスタシアの机上の消し忘れた橙色の笠をつけた電気スタンド、詩人のその一冊の本、そして花瓶にさした一輪のバラの花、そして息子のサーシェンカが白樺づくりのベンチにかけている写真立て、そしてかたすみにおかれたアイロンたちに、はっきりと聞こえていたのでした。彼らはみな一緒になって、《シェストラー　マヤージーズニ！》と歌っているようだったのです。

3章

1

朝早くから雪がふっていました。アナスタシアのアパートの近くをゴトンゴトンと重力のある列車の動輪の音がカーヴしていくのでした。朝の悲しみは遠くからまるで冬野の林間からのように切なく生まれてくるのでした。アナスタシアはこの悲しみの性質についてははるかむかしから、子供時代からすでに知っているような気がしましたが、いまはもっと違う性質だったのです。ねえ、アナスタシア、あなたは幸いよ、だって、チェリョモホヴォでは両親のもとで可愛いサーシェンカは元気でいるのだし、両親だって父は病気がちだけれどママが食事の制限をきちんとしてくれているので、大丈夫、ママはあいかわらず楽天家で頑張り屋だもの、心配はいらないわ。そう、心配なのは、イーゴリだけれど、彼は遠く離れて単身で、仕事に打ち込んでいる、彼にとっては、さあどうなのかしら、サーシェンカが可愛いくないのかしら、父親としての意識があるのかしら、いや、そんなことはないわ、彼はただただ自分の未来のことで精いっぱいなのだから、だって、彼はロシアを離れどうしても海外で研究者として成功したいと熱意に燃えているのだもの。彼にとってはいまのロシアは不満なのよ。そう、歴史の負の重さにうちひしがれてね。ぼくが願っていたロシアではない、が口癖。ぼくはロシアの大地をそれは熱愛しているけれど、こんなロシアであってはいけないんだよ。いままだ奴隷制度と変わりゃしないんだよ。ひたすらロシア的受苦を美徳のように思っているんだよ。わたしだってわからなくないけれど、わたしのほんとうの慎ましい希望とは別に、彼はわたしたちをつれて海外移住する選択を決断し、もうそれもほとんど内定しているというのだから、わたしたちはロシアを棄て去ることになる、それがほんとうに幸いなのかどうか分からないわ。そんなふうにあれこれ思いながら、アナスタシアは、きちんと身づくろいをし、いつものように楚々として、机に向かっていたのでした。

朝の悲しみは、その細やかな身づくろいがすむころにはこころから霧のように薄く消え去っていったようでした。朝の悲しみは美しい雲のようにどこからきてまたどこへと消えていくのか、そしてそれは一日一日、かならずやってきては何かを追憶させ、思い出させるものだったのです。どこかで、いつもこのように繰り返されたことだったようにも思われ、アナスタシアはこの悲しみはなにも自分一人だけではないように感じていたのです。わたしたちのような人々が、ロシア大地にはいくらでもいて、でもこのわたしのような選択など思いもよらない境遇にうちひしがれているのじゃないかしら、そうアナスタシアは思ったのです。

アナスタシア、あなたは、きょうはほんとうにめずらしく、日本に来てから初めてのことだったように、朝の始まりに、神に祈る気持ちになっているんだね。ロシア正教の教会は隣市の郊外にあることは一度探していったことがあるのでしたが、ここからは列車かバスを乗り継いでなので、ついつい足も遠のき、祈りのことも多忙さに忘れ去られていたのでした。小型の新約聖書だけはもちろんもってきていたのです。アナスタシアは祈りました。主よ、イイスス・フリストス、どうかわたしに慈悲のご加護を。この一冬の日々を無事に切り抜けられますように。どうかわたしに生きる力をお与えください。十字を切るアナスタシアの手指はこころなしか普段よりほっそりと透き通るように痩せていて、静脈が青白くさえ見えたのです。いまわたしはこのような遠い大地にただ一人きりで取り残された小さな孤児のように感じられてなりません。アナスタシアは故郷にいたときのように、祈りのために白いレース織りの長いストールをかぶりました。

主よ、イイスス・フリストス、わたしの存在はまことは罪深いのではないのでしょうか。だって、夫のゴーシャとも離れ、息子のサーシェンカは年老いた両親の手元にあずけ、ええ、わたしの研究のためには一年そこそこなどあっというまの時間だと思っていたのですが、これこそわたしの身勝手なエゴイズムではなかったでしょうか。一番大事な幼年時代の時間を、サーシェンカは母の愛情をたっぷり吸収できずに育ってしまうのです。彼の幼いやわらかな魂になんらかの欠落と空虚がぽっかりと残ってしまったのではないでしょうか。この母のおかげで。ゴーシャだってそうかもしれません。夏にあわただしく一週間、彼はとても苦労してここまでやって来てくれたけれど、わたしはほんとうに自分勝手だったのではないでしょうか。ゴーシャはただごくふつうの結婚生活を願っていたのではないでしょうか。

そうよね、わたしは幼い頃から、父が地質学者としてほとんど家にいることがなく、シベリアの奥地を跋渉していたので、父の不在というのはごくあたりまえのことだと思っていたのです。そしてひと月もふた月もして、調査が終わっていよいよ帰るときには、電報が来て、わたしと兄はその時刻に駅まで出迎えにいったのでした。父は調査地の奥地の人々からいただいたたくさんのめずらしいお土産をもってきました。そうそう、螺《ら》鈿《でん》の小箱に入ったウラル石！　色とりどりの原石の美しさといったらなかったわ。ただそれだけで長い父の不在は帳消しになったのですが、やはり仕事とはいえ父の不在はわたしの心に何らかの悲しみをもたらしていたのにちがいありません。そう、ちいさいわたしは闊達な兄のニネリと一緒に、チェリョモホヴォの駅で、父を待ったものだったわ。父はまるで登山家みたいに大きなリュックを背負っていて、照れくさそうに灰色の眼で微笑んで。そしてわたしたちは駅の白樺の木の改札口から手を振る！

そうそう、父の仕事には、たくさん、芯が細く削られた鉛筆《カランダーシュ》が必要だったので、わたしが遊んでいると、父は、ああ、ナスチェンカ、と書斎のデスクに呼んで、わたしに鉛筆削りを頼んだものでした。おまえがいちばんじょうずだね、と父はほめてくれたものです。そして母のことを、マリア・ヤーコヴレヴナに頼んだら、へたくそでだめだからね、と小声で、ウインクして笑うのです。ママのことを、丁寧に、父称をつけていうので、わたしはおかしくてなりませんでした。

こんなふうにしばらく、主イイスス・フリストスにむかって心に浮かんだことをつぶやいているうちに、少しずつ心が晴れるような気がしたのです。そして、悲しみがうすまっていくうちに、誰かの声が耳元に聞こえだしたのです。その声はどこかで聞いたことのあるような声で、兄の声でもあるようでした。ねえ、ナスチェンカ、いいかい、人生は、ただ一日、一日なんだよ。思い煩うことはないんだ。野の花を見よ、空の雲を見よだよ。生きるってことは、そうだねえ、現実がたとえば雨だったり、雪だったりして、暗い気持ちに覆われていても、いいかい、そのはるか上では、しかしながら太陽が燦燦と輝いて燃えていることを忘れてはいけないよ。さあ、ナスチェンカ、明日のことをあくせくと思い煩うこと勿《なか》れさ、今日の一日を、歩き出すこと。それから考えること。考えてから歩くことじゃないよ。ただただ考えているだけではそのうち病気になってしまうよ。そう、始めることなんだよ。立ち上がれ、ぼくの妹よ。だって、おまえさんの名前《アナスタシア》の意味は、元気で立ち上がるという意味のギリシャ語から来ているじゃないか。一日一日、立ち上がること。立ち上がるからこそ、時間が生まれるんだよ。時間は過ぎ去ってしまうけれど、でも同じように時間は帰って来るよ。美しい雲はかならずまたもどってくるんだ。それが未来ということなのさ。

2

それから午前の時間はあわただしくなりました。大きな雪雲が上空の激しい気流で押し流されて、夏の入道雲みたいになったのです。

天気がよくなったのでアナスタシアはもう何年もロシアで着慣れた鞣《なめ》しの鹿革の半コートを着て駅前の商店街まで出かけました。そしてオーディオ製品の店に立ち寄り、カセットテープの録音機を吟味したのです。値段も手ごろな最新型の一台をえらぶことにしました。そうときまったので、支払いのために、駅前通りにある銀行に立ち寄り、交換研究員の助成金が振り込まれる口座から、必要な金額を引き出しました。通帳のページを見つめ、アナスタシアはくるくると頭を回転させ、残りの滞在中の資金、そして帰国の航空券その他の金額も間にあうように配慮しなければならなかったのです。通帳には、アナスタシアのハンコが押されていました。ハンコには《亜耶》という漢字がほられていたのです。ギリギリかな、とアナスタシアは銀行で椅子にかけて並んでいる人々を眺めながら思いました。

もちろん大学の語学用のラボの密閉空間で雑音もなく朗読を録音することもあれこれ考えた結果、やはり、自分の録音機で録音することを選んだのでした。わたしはプロの声優でも、アナウンサーでもないのだから、自分らしく自分の生きた肉声で、テクストの声を生きることだけがだいじなのだから、とアナスタシアは結論したのです。一日一日の自分の生活、こまごました日常の生活の時間のながれのなかで、わたしは読みたいし、わたしのそのときどきの肉声を、テクストのことばにしたがって生きてみたいのだもの。わたしの生きた声の日記とでもいうようにね。アナスタシアはよくわきまえていたのでした。ロシアは音声の朗読の歴史も研究も長い伝統があって、というのもそれは演劇の隆盛とも関係するのでしたが、いまではテクストの朗読方法はすっかり確立していたのです。もしアナスタシアがそのような朗読の確立したメソッドにしたがったなら、それはもう自分自身ではなくなるのだろうと、うすうす気が付いていたのです。語学ラボの防音室で朗読を録音するということは、とりもなおさずテクストのしもべとなることだったでしょう。

実はこころひそかにでしたが、この朗読録音の自分の厖大な声の蓄積が、この世に二つとないような生きた一冬の遺言、音声という物質的な響きによる精神、魂の記録になるのではないだろうかと感じられていたのでした。これはわたしの冬の最後の仕事なのだ、というふうにアナスタシアは思ったのです。通帳で残額を確かめ、ぎりぎりだいじょうぶ、マガダン大学からの俸給については、留学中の減給分が差し引かれて、両親のもとに振り込まれるようにしていましたから、でも最近は入金の遅配が大学で起こっていたのでしたが、それでもサーシャの養育には十分役立ったのです。

青空からひざしが降りそそいでいました。アナスタシアは一台の録音機、そして六十分のカセットテープをとりあえずまとめて三十本を買って、ほっと一息ついたのです。胸がどきどきしました。アナスタシアは駅からまっすぐの通りの舗道をどんどん歩きました。街路樹のプラタナスの並木道はさながらロシアの田舎町のようでしたし、おおきな落ち葉が根元にうずたかくかきよせられていました。中通りの家並みからは石炭や薪を暖房につかっている煙突から薄い煙があがっていました。カラスたちが雪の水たまりでたわむれていました。

そうやって、気がつくと、《シラカバ屋》の小さな店の看板が目に入ったので、アナスタシアは迷わずにドアを押し、元気な声で挨拶しました。先日のお礼も丁寧に申し上げたのです。奥から、杖をついた老主人が出てきました。アナスタシアの顔を見ると、眼をほそめるように喜んで、おやおや、きょうはよほどいいことがおありなようですね、と言ったのです。ええ、ええ、とアナスタシアは言いました。なんだろうかねえ。はい、ええ、あるお仕事を決心したのですよ、とアナスタシアは答えました。おお、おお、白樺屋さんは言い、ちょっと、何かを思い出そうとして、うん、そうだ、《ボーフ・スワミ！》じゃな、どうだね？　シベリアのタイガでおぼえたことばだが、いいかねこれで。アナスタシアはびっくりしました。ええ、すばらしいです。ありがとう。神はあなたとともに、という意味ですね。うん、そうじゃと思った。わたしどもはよく言われたよ。ガンバレという意味で。ほれ、ダワイ、ダワイ！　と急がされたら、やる気もなくなったけれど、不思議なものさ、若いインテリの将校が来て、《ボーフ・スワミ！》と言うと、ほんとうに神さまがそばにいてくれるんだという気持ちになりましたなあ。ええ、ええ、そうだったんですね。そしてお孫さんにと言って、日本のお土産にもってきた最後の一番小さいマトリョーシュカを差し出しました。

4章

1

　さあ、準備はできた、あとは、という気持ちで、翌日は早くに研究室にでかけ、帰国にさいして提出する報告レポートの資料整理に時間をついやしたのでした。

　午後になって、空が晴れ上がったのでアナスタシアは黒パンのサンドイッチを持参で、大学のキャンパスをぐるりとめぐるようになっている散歩道に出て、そこいらはみな平野部から高台になっているので、二つ起伏のある道を通り、ここいらで一番好きな広々としたポプラ並木の道に出たのでした。ポプラ並木ははるか遠くまで、両側には百本はくだらない数の巨大なポプラが続いているのです。夏はまるでどこまでも緑の長い長いトンネルの森のようであったし、秋は秋で風にそよぐ黄金の葉っぱのトンネルであったのです。風はいつもその梢を渡っていくのです。アナスタシアはそのまっすぐな車道の果てを見晴るかしました。車道の右手の舗道に立っていると、眼前にはここの低地帯にひろがるひろびろとして雪化粧をした水田地帯がひらけていたのです。集落といっても遥か遠くまで、ぽつりぽつりとあるかないかのようで、人家とてまばらだったのです。そこは大きな風の通り道になっていました。車道は車の行き来が少ないので、きちんとした雪道のままでした。

冬を迎えたポプラ並木はほとんどが落葉し、あちこちに黄金色の葉っぱがちぢれたり、まだ緑のままだったりしてそこいらに吹き寄せられていました。アナスタシアは人っ子ひとり通らないその並木の最初のポプラの木のもとに背をあずけ、ショルダーバッグから、ラップにくるんだ黒パンのサンドイッチをとりだし、ゆっくり咀嚼しました。風はおだやかで、空には太陽がもうかなり低い位置まで来ていて黄色く燃えていました。雲たちはのんびりと、小さな小舟や動物のかたちにまるまってゆっくりと移動していました。黒パンをかじりながら、アナスタシアはきれぎれな思いを雲のように感じていたのです。ああ、美しい雲は、いつのまにかいなくなるわ。

この地方は、いくつもの川が流れていて、その名前などアナスタシアが教えてもらったように、不思議な音のひびきの川ばかり。ユウパリ、イクシュンペッ、ポロナイ、そしてこの丘陵の背後にはもっと大きなイシカリ川が、それからソラチ川がぐるっととりかこむように流れているというのでした。それがみんな日本語に翻訳されて、いつしか、イクシュンペッ川は、《幾春別》というように漢字になって、おもがけない風情をもたらしていたのです。じっさいに聞いてみたら、なあにあそこはずいぶんヒグマが多くて、わたしら子供の時分はカンカラをたたいて登校したもんだ、というような話だったのです。アナスタシアはその川を実際に見知ってはいなかったのに、その《幾春別》という漢字のもたらす意味がとても美しいように思ったのでした。幾つの春に別れを惜しんだことか、というような意味合いを思い浮かべたからでした。そういえば、わたしのシベリアだって、同じようなことよね、とアナスタシアは思いました。

毛むくじゃらみたいなポプラの太い幹にもたせた鹿のなめし皮の半コートの背中はあたたかでした。びくともしない不動の幹でした。そうそう、イーゴリが来てくれた夏の日は、二人でこの並木道の尽きるところまで未来のことについて語らいながら歩いたのでした。ふむ、まるで小さなロシアみたいかな、とイーゴリは言いました。彼はといえば、海外への移住のことで気持ちがいっぱいだったのです。そりゃあ、新生ロシアにはなったけれども、根本は何一つ変わっていないんだよ、いや、むしろさらに苦しくなるばかりだ。いいかい、さらに欧米の資本主義の洪水となるにきまっているんだから、もちろんそれを歓迎する人々も多いけれど、それはもう生活が大変になるね。富裕層と貧困層の二極に分断されることになるのさ。だって、いつだって、権力の周辺にあるものたちが収奪するに決まっているんだから。かつてのソ連邦の厖大な国有財産だって、そういった抜け目ない悪党連中にまんまと横取りされているのが現在なんだ。いいかい、資本主義の市場経済だなんて結局のところ、やらずぼったくりということなんだ。マフィアとなんの違いもないんだよ。そう、ぼくはもっとほんとうに自分の力がだせる国に渡って、そうそこがもちろん資本主義であろうがなんだろうが、自分の将来を託してみたいと切望しているんだよ。ああ、ぼくは詩や文学の方はさっぱり分からないけれど、ぼくは百年後の人類のために役立ちたいのだよ。ま、その意味ではね、アハハ、新ナロードニキというところさ。いや、むかしの〝V NAROD〟ではなくてね、そう、〝V PRIRODU〟、自然の中に、といったところさ。

アナスタシアはその夏の日のイーゴリをいまありありと思い出していました。さあ、アナスタシア、ぼくにまかせて欲しいな。海外に移住できたら、きみはそこで研究を続けていいし、きっといい教職も見つかるはずだよ。アナスタシアは聞き返しました。それは、亡命ということでしょ？　ふむ、まあ、そういうことだ。だからと言って、祖国ロシアに戻れないということじゃあない。成功しさえすれば、いくらでも帰れる。いいかい、このまま一生、ロシアにいて、はたしてどうなるというんだい。未来のビジョンがまるでないじゃないか。ぼくらだってもう三十の半ばなんだから、これが最後のチャンスというものさ。ぼくにとってはロシアの大地よりも、ぼくの一生の未来の方が大事だ。ロシアだけ救ったところでどうなるというんだい。まず世界からだよ。そしてきみにとっても。そしてサーシェンカには最高の教育を受けさせるんだ。血はロシア人でありながら、世界人になるんだ。人生はとても短すぎる。ましてロシア人にはね。ぼくは思慮深いきみの決断を待っているんだよ。

いまアナスタシアは冬枯れのポプラの灰色の並木道がいまにも崩壊するのではないかと風が吹きぬける車道の果てを、眼をほそめて眺めたのです。オーレニカだったらどうでしょう、とアナスタシアは思いました。彼女なら、何をためらっているのよナスチャ、あなたらしくないわ、決断しかないのよ、と言うわね。さ、ハムレットはもういい加減よしなさい。行くか行かないか、どちらかしかないんだから。でも、どんな苦難が待っているかも分からないわ、とアナスタシアはつぶやき、ふたたびポプラの梢の青空と雲の流れをみあげました。ねえ、トッタカターとカペチンタ！　お兄さん、カペチンタはどうしたらいいのかしら。

アナスタシアはこのポプラの並木道からゆっくりとひきかえしました。駅までなので、結構な距離ですが、ロシアできたえられた歩行力なのでさほどの距離ではないのです。駅まで道々、帰宅を急ぐ人々の影絵にすれちがいました。みんな買い物袋をさげているのは女性たちでした。アナスタシアは汗ばみ、頬を赤くして、駅前の通りに出て、それから商店街脇の雪道を、列車の線路柵ぞいに歩きました。

そのときちょうど下りの特急列車がゆっくりと動き出し、アナスタシアのかたわらを、乗客のプロフィールの展覧会みたいに移動させながら過ぎ去るところでした。アナスタシアは車窓をこちらから見ました。そこの一つで、こちらを見て、ちょっと手を振っている人が、一瞬のうちに過ぎて行ったように見えました。それからたちまち冬の日の早い夕べがやって来たのです。

2

さあ、こころの用意はできた、そう、神のご加護がありますように、そう言えば、オーレニカなら大げさねえと言って笑いだすだろうかしらね、とアナスタシアはこの冬の一日がつつがなく、そう、無事に暮れていくのを眺めていたのです。ちょうどこの界隈のアパート群の空き地にはレンガづくりの穀物倉庫が残されていて、ときおり小型の車が出入りしていたのでした。夕暮れにかかわらず、最後の夕日の薄い光線をあびながら鳩たちがむれ、ちょこちょこと歩き回り、ついばみ、するとまだ灌木にむれていた冬雀たちも一斉に飛んできて、さらにあたりはにぎやかになっていました。きみたち、生きているのね、一日、つつがなく生きたのね、と言いました。

アナスタシアのアパートの一室は、ちょうど鉄製の階段をのぼるとすぐ左手の端っこにあるクバルチーラだったので待避線寄りだったのです。そして隣は空き室でしたから、住人の音はほとんど聞こえないといってよかったのです。若い人たちが大半で、みな朝早くに仕事にでかけましたから、アナスタシアは日中ほとんど静かな時間をたもつことができたのです。ときおり、夜は下の階から音楽が流れたりしましたが、べつに騒々しいということは一度もなかったのです。アナスタシアは夕べの紅茶をわかしました。紅茶を淹れるというよりも熱湯紅茶を煮だすというような淹れ方でした、濃い紅茶ができてそれにミルクをいれるのです。アナスタシアの気持ちはすっかり落ち着いていました。朝の悲しみは夕べには、さびしさはあるものの、心がいたむような悲しみはあらわれてこなかったのです。

というのも、すっかり準備ができたという思いからでした。すでに、すこし出費になったけれどもソニーのCDカセットコーダーの器機は机上に鎮座してメタリックな銀色をかがやかせていましたし、ノーマルタイプの六〇分のカセットテープもそろっていました。アナスタシアはカレンダーを調べ、遅くても三月の終わりまでに、朗読の録音が全部終わるにはと計算しました。九十日として、一日に何ページをきちんと一語もあやまりなく朗読すべきか、検討しました。答えは一日に五ページあるいはそれ以上の計算になりました。両面に入れて、そう、十ページかな。でも、もし万一風邪にでも罹って寝込んだりしたら、もう少し、その日しだいで、余裕をみなくてはなりません。それでも見当はつきました。

そう、シベリアのおばあさんたちがゆっくりゆっくり編み物をしたりするようなことだと思えばいいのです。そう、芸術文学の大作だからといって不自然になってはいけないのです。その日その日、ただその一日をみちたりて享受することだけが大事なのです。野の花だって空の雲だって、うるさいカラスだって、ただその日のことだけで精一杯生きて、そうよねえ、それが不死だなんて感じているのじゃないかしら。人間だけは、その日が終わってもいないのに明日のことを考えるけれど、それはもちろん賢い能力には違いないけれど、わたしたちは明日のために生きるようにできていても、明日のことは、まあ、オーレニカの批評によれば、神のみぞ知るで、これも彼女の受け売りだけれど、超越的な存在を、どうしてもおもわなくては、生きてはいけません。それは、今日一日、善いことばで祈ることじゃなくって？　ねえ、賢い批評家のオーレニカ、とアナスタシアは狭い部屋をあるきまわりながらつぶやいていました。

そうして行きつ戻りつし、ちょうど静かなダンスのようにそうしていると、オーレニカの言ったことがふっと思い出されるのです。十五年も前のあの二月の吹雪の日、書店の売り出しの行列に並び、『ドクトル・ジヴァゴ』を手に入れることができたオーレニカが、大学のキャンパスにとってかえす途中、ふっと言った一言でした。ねえ、いいこと、わたしはロシア語文学の専攻だけれど、わたしは詩よりも批評の方があっているわ。アナスターシャ、文化学専攻のあなたの方が、よほど詩人的だよ。このときほどアナスタタシアが仰天したことはありませんでした。いま、アナスタシアは自己発見だったように思い出されたのです。いいえ、詩を上手につくれるから詩人だというんじゃないよ。そうじゃなくて、本質的に詩人だということは、生きることの根っこのことなのね。詩はそんなに大それたことじゃないわ。ささやかなものを、ひとびとの喜びや悲しみをそのひとたちのかわりにうたってあげることじゃないかしら。あなたにはそれがあるのよ。ありがとう、オーレニカ！

アナスタシアは濃い紅茶をすすりながら机にむかいました。頬杖もいつものようにつきました。方眼用紙のノートの一枚をはがして、アナスタシアは今の思いを書いてみたくなったのです。韻律もなにもなしに。アナスタシアは綺麗に鋭く芯を削った鉛筆を左手ににぎり、書きだしました。紙は少し斜めにおきながら、字体が少し左にかしぐような筆記体で。

おお、二十歳のときの本《クニーガ》が
いまこのような遠い大地の片隅に旅して
このようにちいさなわたし自身の運命になるなんて

だれが命じてくださったの？
十五年も過ぎ去って
いったいわたしは何をなしとげたというのでしょうか！

わが妹人生　生きることをそう名付けたあなたの
孤立無援の人生の　その結論の物語に
はたしてこの非力なわたしは耐えられるでしょうか
おお、あなたのことばの声になってわたしは遺しましょう！

アナスタシアは声に出して読み返しましたが、韻律はそれなりヤンブであっても、すかすかのレース織りのように聞こえました。でもアナスタシアは笑いました。この大地に来てそれが初めてのように、目元があかるんでいました。かすかに列車の音が聞こえていました。明日からの朗読の途中で、列車の音が流れこんできたらどうしようかしら。窓のサッシのカギをきつく締めましょう。いいえ、そうじゃないわ、テクストのことばの世界に、偶然によって自然の世界がわりこんできて一緒にあるということのほうが、偶然の合致と出会い、さりげない運命、と言うべきじゃないのかしら。アナスタシアはすべてをまかせようと思ったのです。

風、吹雪のうなり、ピンポーンと鳴る音、カラスの鳴き声、そして過ぎ行く列車の響き、そして、そして、最初の雨、屋根からついにしたたり落ちる雪解けの音、おお、そのころわたしは朗読を成し遂げていることでしょう。テクスト、わたしの肉声、そしてささやかなまわりのまるごと。すべてが過ぎゆくにしても、これは、不死、ということになるのかも分からないわ。ことばの自然の中に、いのちそのものが入って来るわ。

5章

1

アナスタシアはきちんと朝九時までにぜんぶ家事をすませ、そのあいだにも、さあ、きょうからの仕事は、そうです、仕事《ラボータ》は、と声に出して言い、胸が詰まる気持ちで、いよいよ、仕事に向かったのでした。

冬の一日は晴れ上がり、小春日和とでもいうようでしたし、夏に取り換えした窓のレースカーテンごしに陽ざしがやわらいでいました。もう心中には朗読の段取りができていました。じっさいに始めてみなければわからないこともあるけれど、わたしの声で、さあ、六十分テープのA面三十分で果たしてテクストの何ページがよめるのでしょう、アナスタシアは三十分で七ページ見当かしらと思いました。というのもアナスタシアはこれまでの経験で、たとえば論文発表などの場合でも、十五分の持ち時間以内でかなりの速度でテクストを読んで発表していて、それでも声がしっかり明瞭に分節され、よく聞こえるのが分かっていたからです。

オーレニカはよく冗談交じりに、あなたの発音はまるでレニングラード風だわね、わたしは、そうねえ、どちらかと言うと大ロシア風、つまり、田舎風というか、いいえ、モスクワ風と言ったところかしら、そうアナスタシアの明瞭な分節と発音について言っていたのです。そうねえ、たしかにオーレニカの発音はどちらかというとモスクワ風な、力点アクセントのある母音をアナスタシアよりももうちょっと鷹揚に、というかのんびりと長くし、その母音に余韻がのこるように、そしてぜんたいに歌のようなうねりを、抑揚をつけるのでした。それはなぜかアナスタシアには不得手でした。声の位相にもよったのです。オーレニカはどちらかというと低い声だったもの。

アナスタシアの声はもう少し高くて、ちょうど春の小川の雪解け水がきらきら光りながら、すこしばかり冷たく、きちんとどこも同じ、ちょうどメトロノームのような律儀なリズムで先へ先へとすすむのです。そしてよほどのことがなければ、抑揚の波はごくしぜんに抑えられていたのです。普通に話すときはけっしてそうではないのに、朗読となるとアナスタシアの声からは、ことばのリズムだけがまるで単調にといわんばかりに、透明性のあることばの流れがうまれるのでした。だって、わたしには文章を、その作品を、それが詩や小説言語を声優や役者のように、声色までかえて声に出すことなんてできない相談だもの。そうそう、オーレニカなら、まあなんてニュートラルなの、もうすこし、もうすこし、自分の声の本質を出したらどうなの、としかりつけるわね。でも、わたしには、猫なで声だって出せやしないわ。

朗読の前に、録音の前に、アナスタシアはもちろん予習にとりかからなくてはなりませんでした。もちろん、もちろん、アナスタシアとしては、十五年ぶりに『ドクトル・ジヴァゴ』との奇跡的な再会にさいしてですが、ここで数日徹夜ででもぜんぶを読了してから、その結果で、いよいよすべてがよくわかり、そのうえで朗読してテープに録音するという方法は選ばなかったのです。アナスタシアは一日一日、その日の暮らしに即して、慎ましく寂しい孤独な時間の道しるべのように、旅を歩き続けるように、朗読して録音し、作者が展開するその旅路をいながらにして、声だけでたどることをよしとしたのでした。

もう十五年も前のことだったし、あのときは二十歳で、わたしたちは若くて、いったいこのロマン『ドクトル・ジヴァゴ』の何を理解したのか、そこで何を経験したのか、もうぼんやりとしか覚えていませんでした。とてもいろいろな形の雲たちが過ぎ去っていったことだけ。ただ、オーレニカとともに涙をながしたことははっきりと覚えていましたが、そして細部については、そうね、おおよそのあらすじについては分かっていたのですが、そのあらすじがどのような細部に支えられていたのかなど、もう霧の彼方だったのです。その意味では、奇跡的な再会だったとはいえ、アナスタシアにとっては十五年の歳月を自分自身の旅をも重ねて追憶し、想起し、最初から作者の展開に、一日一日身をゆだねることにしたのでした。そして、そうよ、アナスタシア、この旅がおわるとき、あなたは故郷の復活祭の時にはもう両親やサーシェンカのいるチェリョモホヴォに帰れるのよ。まるで、ああ、『ドクトル・ジヴァゴ』の大きな無限の流れから岸辺に流れ着いたとでもいうようにね。いいえ、ラーラでも、トーニャでもなく、そのような凄い運命のヒローインのようにではなく、『ドクトル・ジヴァゴ』にこめられた祈りのことばを心に満たした一人の旅人としてつつましく頭をたれながら。

窓の冬の陽ざしから、戸外の子供たちの声が聞こえていました。アナスタシアの心には、小さなサーシェンカが口に手をすぼめて当てて叫んでいるように聞こえました。ママ、ママ、はやくお仕事を終えて帰ってきてね！

アナスタシアは一瞬緊張しました。声を発するために『ドクトル・ジヴァゴ』のページを開いたのです。

そうだったわ、ほんとうにあの頃は印刷用紙が、まるで新聞紙のように粗悪だったわ、もっと上質な紙で印刷された本もたくさんあったけれど、それはみな国家的に優遇されているようなものばかりだった。そう、思い出せば、もうわたしたちのソ連邦はあのときすでに崩壊の手前まで来ていたころだったし。でもそれこそが大切だとでもいうようにアナスタシアはいきなり、「読者に」という序文をタイトルページの見開き右ページに見出したのでした。

十五年前、このように「序文」があったことも、読んだことも、すっかり忘れ去っていたのでした。

読者のために用意されたその序文は九ページ半。

ページをめくって、もちろん序文の執筆者は、詩人パステルナークの子息のエヴゲーニー・パステルナークだったのです。ああ、そう言えばそうだったわね、でもあのときは、いきなりロマンのページから読みだしたことを思い出しました。序文も解説も蛇足にすぎないというように思う若気の気持ちだったのです。それは桟橋をわたらずに船に飛び乗るというようなことだったでしょうに、アナスタシアはそうしたのです。オーレニカはそうではなくじっくりと「読者に」を読み、そのうえで、アナスタシアに全部ロマンを読了したあと、本を手渡してくれたことも、去年の冬のこととでもいうように思い浮かべました。

勝ち誇ったように、陶酔しきったとでもいうようにオーレニカは『ドクトル・ジヴァゴ』を大学そばのカフェで熱い紅茶を啜りながら手渡してくれたわ。オーレニカはキャベツ入りのピローグをほおばりながら大きな声で、わたしたちのロシアは何という歴史だったのでしょう、この不滅の本は、わたしたちへの遺言だったのよ、そうじゃなくって？——と言い、また紅茶を啜り、眼に涙さえうかべていたのです。そうよ、ナスターシャ、電車でも、バスでも、いいこと、お紅茶を買う行列のなかでさえ、『ドクトル・

ジヴァゴ』を食い入るように読んでいるひとたちが何人かいたわよ。この年まで、もう四十年近くも、ロシア人のわたしたちが、この不滅の本を、このわたしたちのロシア語で読ませられなかったなんて、いったいどういうこと？　一体、国立出版社だなんて、どうなっているの？　そう、ペレストロイカはいいけれど、この国は滅びるわ、まちがいなく、その足音だって聞こえているんだ！　くそったれだ——というようにあの冷静なオーレニカが涙声で言うのでしたから、隣の席の着ぶくれた人たちがなんのことかわからず、チーズ、ジャガイモ、太いソーセージ、黒パンなど食料品をつめこんだ買い物袋を脇においたまま、わたしたちをあわれむように見ていたわ。

アナスタシアはいまこの「読者に」という題の序文を、黙読し、それからまた読みなおしていました。ああ、このようなことがわたしたちにむけて語られたとは、まったくアナスタシアには白紙状態だったのです。まだ難しい点もあったのですが、読みなおしてみて、一息つき、さあ、これを朗読して録音に入れるにはどんな工夫も必要はない、ただ思う通りに声にすることだけよ、とアナスタシアは判断しました。

いったん声が出てしまったらもう後戻りができないけれど、この「読者に」の内容につまった詩人パステルナークのことばの引用箇所さえしっかりと理解し、腑に落ちてさえいれば、何の臆することがあるでしょう、アナスタシアの喉の奥の、声帯にそれとなく緊張が走ったようでした。

ここから、いまこの瞬間から、生きた声で、一瞬一瞬、いのちの顕われ、呼吸として、始まるのよ、アナスタシア、さあ、声を、あなたの声の流れを、小川の水のきらめきのように。

2

アナスタシアは声を出しました。するともうつぎつぎに声が生まれ、その声のことばは、作者の譜面によって、アナスタシアの声によって演奏されたとでもいうように、アナスタシアのややピッチのはやいリズムで、まるで音の砂鉄が磁石によってつぎつぎにたちあがって、つづいていくように、三〇分のA面のテープは、あっという間に夢のように終わりました。

三〇分の声はすこしも変わりませんでした。ますますさきへとすすむ気配でしたが、アナスタシアは一息つき、一語として小石につまずくこともなく、読みよどむことも一拍もなく、九ページ半の「読者に」という前書きのうち、七ページの半分まで来て、テープが止まりました。そこでアナスタシアはテクストの狭い余白に、というのもテクストはページ数をできるだけ経済的にするためにでしょう、余白を天地も横もぎりぎりまで使っていたのですから、版面は息苦しいくらいで、文字のポイントもとても小さかったので、天地もびっしりと組まれた版はロシア文字だけの空間でしたが、ページの左の狭い余白に、鉛筆の細い筆跡で、ここまでがテープのA面という印にもと、Aと書きしるしました。次からはB面に移るので、その下にここからB面だというしるしにもと、Bと書き記しました。

アナスタシアの喉は水も飲まないのに、すこしも声がかすれてもいなかったのです。しぜんな唾液がじゅうぶんにみちてきていたのでした。声に出しがたいような文章ではなかったこともあったのです。難しい意味内容でさえ、それは主に、詩人からの引用文だったのですが、それもまた地の文と共鳴していたので、ある意味では、ひらめきのように新鮮に流れたのでした。

アナスタシアはさらに先へ進みました。ここで水か冷たい紅茶でも一口ふくんで飲み込んで、喉をうるおしてもよかったのでしたが、まだまだ余裕はありました。アナスタシアは自身の集中力に内心で驚いたのでした。

3

B面に移ったときは、アナスタシアは直感的に、途中でしりきれとんぼになった前の段落行から、もういちどもとに戻り、次に聞くときに、同じ箇所が数行かさなりあうようにと思い、そこからまた読み出しました。プロフェッソルK《カー》のことがちらと浮かび、ほら、のりしろみたいにね、とアナスタシアは思ったのです。そしてあとは四ページ、小川の水が本流に流れこむときのように一気に、おわりまできたのです。

とくに最後の二ページにさしかかったときは、予想もしなかったかなしみがやってきて、涙がこぼれそうになったのをこらえました。

それは詩人の死がさりげなく語られた数行だったのです。

そして、この前書きの最終行に、〈一九八八年五月　エヴゲーニー・パステルナーク〉、と読み終えたとき、アナスタシアは、自分はこのとき十九歳だったこと、その五月の日のこと、詩人の命日が五月の三十日だったこと、それを思い出すと同時に、あ、そうだったわ、と思いがけないことを、どうしてわたしは忘れていたのかしらと、思い出していたのです。プロフェッソルKがこの本を渡してくださったときに、こう言っていたのでしたから。

ええ、不思議ですね、実はね、一九九〇年の五月は、パステルナークの生誕百年祭のシンポジウムがモスクワであって、どういうわけかぼくは招待状をもらい、勇んで大慌てで行きましたよ。パステルナークの息子さんのエヴゲーニーさんにも会いました。そうです、ゴーリキー文学大学の一階、狭い小さなゼミ室みたいな教室でね、発表の司会者はエヴゲーニー・パステルナーク。これがお父さんに瓜二つだったですよ。柔和な美貌、と言ってはどうかな、少し憂鬱そうでね、司会の斜机にちょっと肘をのせて、まるで頬杖でもつくようにして、各地から集まった発表者たちの発表が終わると、ちょっと控えめなコメントを言うのです。恥ずかしながらぼくも持ち時間十分で発表したのですが、彼はね、ちらっとぼくを見て、苦笑といった表情をしましたよ。みんなが終わったあと、ぼくは、そう、よれよれの革ジャンバー姿だったんですがね、名刺をさしだして挨拶したら、優雅に、うん、いい感じで、日本からなのでね、とてもうれしがってくださったのかな。そうだ、シベリアの大学からも二人ばかり来ていて、時間オーバーしてもまだ強引に話しつづけ、注意をもらっていましたね。

こんなふうにプロフェッソルKは、この本を渡しながら、ちょっとついでというようにさりげなくアナスタシアに言ったのでした。そのときアナスタシアはなぜでしょう、ちょっと聞き流したままだったことを、いま急に細部が思い出されたのです。

ああ、そうそう、ゴーリキー文学大学の構内も校舎もとても荒れ果てていてね、トイレの窓ガラスも割れたまんまでね、無理もないでしょう、ソ連は崩壊前夜だったんですからね。そんな状況のさなかであってさえ。

4

アナスタシアはA面三〇分、B面の半分くらいまで、都合四十五分ばかりをこうしてつつがなく朗読し終わりました。「読者に」の内容は、『ドクトル・ジヴァゴ』がどれほど時代の嵐のような変転によっていまある形に成長した経緯をつぶさに書いていたのです。

一九〇五年革命、次に一九一七年ロシア十月革命、そして内戦、やがて二十年代、一九二九年に主人公のユーリー・ジヴァゴが亡くなる。そしてこんどは独ソ戦があって、その戦後になって、ここまで生き延びたユーリーの友人、ゴルドンたちがユーリーの詩を読みながら、モスクワを眺める。このロマンがロマンに成長していかざるを得なかった、作者と現実の歴史との相克葛藤を「読者に」が明らかにしてくれていたのでした。アナスタシアは、このように野の花のようであった一つの恋愛の悔恨が、ロシア革命の歴史によってこれほどに成長していくとは思いつかれないことだったのです。二十歳で読んだアナスタシアは、もっぱら悲劇的な恋愛の物語にだけ夢中になっていたのでしたから。

テープを巻き戻し、ようやく緊張の時間から解放されて熱い紅茶を耐熱ガラスのコップに淹れて、一口すすったとき、アナスタシアは気がついたのでした。つまり、わたしはエヴゲーニーさん自身に会ったプロフェッソルKからこの『ドクトル・ジヴァゴ』を手渡され、奇しくも再会したのだけれども、これって奇跡じゃないかしら、だって、ロシア人のわたしだって、このエヴゲーニー・パステルナークには一生だって縁がなくて会えないことなのだから、なんという人の眼に見えない絆でしょう、世界はなんと近いことでしょう、大きな運命ではないまでも、とにかく運命にちがいないわね。

アナスタシアの壁には列車の時刻表が画鋲で留められていました。その時刻通りに特急列車の音が窓の外から重くガタンゴトンと速度をあげるまえの車輪の音を静かに響かせました。アナスタシアはテープに録音された自身の声に耳を澄ませました。自分の肉声は自分の耳では聞こえないものですし、録音されるとこれがほんとうに自分の声なのかと幻滅するに相違ないのでしたが、アナスタシアは耳をかたむけました。そう、ここにわたしがたしかにいる、存在しているし、存在していたのだわ、そしてわたしの分身になって、わたしをいま過ぎ去った時間は、ここに生きているわ。小川のせせらぎのようにきらめいている！　そうだ、これはわたしが時間を生み出すことなのに違いないわ。アナスタシアは孤独の中で自分自身を肯定して喜んでいいのだというように感じ取りながら、テープの声に耳を澄ませます。ただ一つ躓きがあると強いて言えば、ねえ、アナスタシア、ソ連邦ＣＣＣＰの発音だけれど、一か所だけエッセセセールが寸詰まりにならなかったかしら、エッセルとしか聞こえないわね、でも、すでにこの世になくなったわたしたちの青春時代の国だもの、ついせっかちな発音になったかしら。

よかった。アナスタシアはまだ十分に冬の陽ざしをうけていました。肩に羽織った太糸で編んだ毛糸のカーディガンの袖に陽があたっていました。

5

やはり緊張していたのでした、アナスタシアは簡素な室内で唯一見ばえのするソファーに腰掛け、それから少し眠気さえおぼえて横になりました。おおきな孤独と静けさがつつみました。ソファーにはカシミヤの大きなショール、そしてソファーカバーには野花の模様がプリントされたインド更紗がゆったりとアナスタシアを受け止めてくれたのです。ほんとうに、人が一生を、その人生を生き通すということは、平坦な野原を過ぎ行くこととはわけが違うのね、とアナスタシアは思いました。ことわざの通りだわ。

アナスタシアは自分の朗読の声がすべて過ぎ去られて、いまはまったく別の次元に戻ってきていることに不思議な感覚を覚えていたのです。わたしは、まるで鉄砲玉のように、白樺林の中を飛んだみたいだったし、いいえ、まるで鳥のように広大な草原の上を飛び過ぎたみたいだったわね。序文の内容の全体像は雲がきれぎれに風にのって過ぎ去ってしまったし、わたしは一体何を読んだのかしら、そうアナスタシアは眼をとじていました。

すると、その草原だったり白樺林だったりしたものが、それらはとても密集して行く手を阻む強大な歴史、そう、じぶん一人の力ではどんなにしても打ち勝ちがたい歴史のレギオンのように見え出したのです。ああ、かわいそうな詩人のパステルナーク、とアナスタシアは思ったのですが、すぐにそれをのみこみました。かわいそうだなんてとんでもない、わたしたちだったらもう何度死んでいてもおかしくない歴史だったのだから、いいえ、本当に剛勇の魂、まことの勇者、そしてたえず生まれ変わった人だったのだもの。この本が、このロマンの発端がすでに二十代の半ば、啓示のように、一粒の麦のようにこころの土に播かれて、それがついに実るために一生の歳月がかかっただなんて、若かったわたしには思いつかれもしなかったわ。オーレニカは立派な批評をしてくれたけれど、彼女だってほんとうは分かっていたのかどうか。序文を読んで分かったけれど、これって挫折の連続じゃないかしら。もちろん、もちろん、彼は運命によって若くして恵まれていたけれど、強大な歴史の、数多くの変転にさいして、そのつど、自分自身を失わずに自分を変えなくてはならなかったということ。そしてそのつど新しく立ち上がること。個人的な人生と強い軛《くびき》のような歴史、わたしたちの国家と人々の歴史、まるで第九のような波のなかで、ついに詩人は生き延びた、そしてみまわすと親しく愛する知友たちはほとんど絶滅していただなんて、なんという剛勇と忍耐でしょう。

アナスタシアは冬の陽ざしを窓からうけながら「読者に」の印象から残った思いをひろいあげ、微睡《まどろ》んでいました。

それからソファーの上で体のむきをかえました。緊張して朗読した録音の声が自分の耳に残っていたのです。全体としては、きっと申し分なかったと思うのだけれど、でも、「読者に」という前書きで、ただちに始まる、わずか二行の、引用されたエピグラフの詩句に、読みだしの一瞬、自分がひるんだことを思い出していたのです。

「読者に」と声に出して読んで、ただちにエピグラフに移るしかなかったけれど、わたしは間合いを間違ったのではなかったかしら。しかも緊張していたせいで、エピグラフの詩の二行までが、小さくつらい叫びのようではなかったかしら。でも、もう直せない。そう、わたしはこの先も朗読のテープに訂正の上書きはできないし、しないわ。オーレニカの言った通り、すべてにおいていいのちがけよ、ナスターシャ。

アナスタシアはその冒頭のわずか二行のエピグラフを思い浮かべたのです。自分の声がか細くよみがりました。そしてもう一度そらんじてつぶやきました。

わたしは全世界に　わたしの大地の美しさを
悼み悲しむ涙をながさせたのです

ボリース・パステルナーク

もちろんこの詩句の意味ははっきりしているわ。詩人の矜持が凛としてあふれているのだし、そして、『ドクトル・ジヴァゴ』の一冊によって、世界中の人々が、嘆き悲しんで泣いたというのだけれど、そうさせたのはわたしだというあたりに詩人の全生涯の重さがあるわ。でもそれは誇らしさとか傲慢さなんかじゃない。ここに聞き取れるのは、「わたしの大地の美しさ」ということば。もうすこし硬質に言えば、「わが大地の美」を世界中が惜しみ悲しみ、涙流して泣いたということ。「わが大地」と言えば、もちろんロシアの大地のこと、その大地の美しさが、それはただ自然の美しさということではなく、その自然の美しさによってはぐくまれたロシアの人々の魂、その魂が無惨に滅ぼされた、その歴史の現実、それを詩人はついに書き終えたということ。まるで神から与えられた使命とでも言うように。わたしたちの世代はこのように生きて死んだと、遺言だとでもいうように。

このわずか二行のエピグラフをアナスタシアはやや臆するように声に出したことが、

しかし、アナスタシアは、あれでよかったのだと結論づけることにしたのでした。というのも、すべてはこれから。この二行は、全体のほんの小さな波頭といっていいのだからね。「読者に」のエヴゲーニー・パステルナークが言いたかったのは、この二行のエピグラフの背後にある詩人の受難史の記述だったのだとアナスタシアは落ち着かせたのです。苦難のなかで描き切るときの幸せとよろこび、アナスタシアはちょっとまた向きをかえながら、なんて幸いな人でしょう、と思いついたのです。

ともかくアナスタシアの喜びの仕事は、幸いは、開始されたのです。

そう、〈降誕祭の星〉作戦とでも名付けたらどうかな、アナスタシアの意識からひょっこりと、亡き兄ニネリの明るい声が聞こえたように思いました。アナスタシアの目尻にふっと涙がにじみました。お兄さんに読ませたかったのに……

冬の日の日常のこまごました雑事もがアナスタシアを待っていました。アナスタシアはソファーから身を起こし、伸びをしました。そうね、一日、七ページを朗読すれば、一日も休まずやれば、六〇日で終わる計算だけれど、さあ、どうなるかしら。いろいろなことがあるのだから、そう、アナスタシア、三月の雪解けの始まりまで。

6

雪夜はアナスタシアの周りの世界をすべて眠らせていたようでしたが、アナスタシアはきょう一日のなすべきことをぜんぶなしおえたあと、眠られずにいて、シベリアの両親あてに手紙を書きだしていたのです。急ぐことではないのでしたが、父にも母にも、こうして新しい旅路にむかっている自分の気持ちを文字のことばで伝えたかったからでした。

愛する父アンドレイ、そして心優しい母マリア

今日は航空便でお手紙を書きます。国際電話で久々に元気なお声を聞けたので安心していますが、国際電話は料金がとても高いので、やはり、もう新年がすぐそこですが、お手紙を書きます。クリスマス・カードはまだ届かないでしょうね。それにはサーシェンカのためにとてもおもしろい日本の絵本『トッタカターとカペチンタ』を添えておきました。書籍含みなので、多少到着が遅れることでしょう。絵本は日本語なのでロシア語で翻訳をそえておきました。もう賢いサーシャには読める

と思っています。

いよいよわたしの日本滞在もようやくあと三か月ばかりで期限になり、研究者交換留学をつつがなく終えて、ロシアに元気で帰れると思います。ママにはほんとうにわがままばかりで許してください。一年半も、サーシェンカの養育をお願いして、それでなくともパパもママも高齢だというのに、預けっぱなしになってしまいました。イーゴリはあのとおりの個性ですから、同じシベリアといってもノヴォシビルスクにいて仕事をし、海外移住の準備に夢中で、イルクーツクまでだって行くのを惜しむのですから、でもサーシェンカにたいして愛情がないのかと言えば、決してそうではなく、しかもわたしは研究と仕事というわがままでこの交換留学のチャンスを得たことで、結果的には、小さな家族がばらばらになったとつらく思っています。

ええ、あと二か月もすれば、無事にここでひと冬を乗り越えて、そう、こちらで雪解けが始まった頃には、あなたたちのチェリョモホヴォに帰ります。このあいだに留学の調査文化フィールドの報告書をしあげて提出すれば、大きな仕事はありません。でも、帰国に際してはまっすぐにあなたたちのチェリョモホヴォにはいかれません。というのも、まずはマガダン大学に赴き、そこで辞職などの手続きをすべておえ、引っ越しの作業もありますね。ですから、チェリョモホヴォに帰るのは、きっとちょうど復活祭のころだと思っています。わたしが勤務校のポストを捨てるのを許してください。わたしは、復活祭の四月になれば、三十六歳になるのです。もう人生の半分以上を来てしまったように感じられますし、この夏に相談しにここにやって来てくれたイーゴリとも十分に議論し、やっとわたしも彼の海外移住計画に賛同できたのでした。今のポストのまま、マガダン大学で勤務し続けることにはやはり未来が無いようにはっきりと分かったのです。ただ、こうしてわたしたちがロシアの大地を捨て去るにはとてもとても胸が痛みます。でも、よく生きようとしてわたしもまたロシアの美しい大地を捨て去ることについては、きっと未来が、いや、神さまがよしとしてくださるように思えてなりません。いや、その結果はどうなるか分からないにしても、わたしたちはロシアの大地を離れるのです。そう、かつても厖大な数のひとびとがロシアの大地を去ったようにですが、しかし、でも、パパ、ママ、魂はロシアに最後の最後まで祈っていることでしょう。そうそう、アメリカに亡命したさる有名な詩人だって、死後はロシアの大地に埋葬してくれと遺言したという話をききました。海外移住は、まずわたしたちとサーシェンカが出国して、数年でかならず成功するから、そのときにはパパにもママにも一緒に来てもらって暮らそうとイーゴリは決めているんですよ。

でも、その頃は、パパだって、まあ、もうお歳ですから、ごめんなさいね、大丈夫かしらという恐れもおおきいのですが、ママはまだ若いから大丈夫でしょう、最晩年をわたしたち家族と一緒にすごして、そうして、幸いな人生の幕をおろすのがいちばんよいことのように思えてなりません。でも、パパもママも、ロシアの大地から離れて、ほんとうにそれが幸いなのかどうか。また、わたしがさらに心にかかる不安は、これは杞憂でしょうか、サーシャがロシアの大地での幼年時代から根扱《ねこ》ぎになって外国に移住して、その結果もたらされる、そう、オーレニカはそれをフランス語で、デラシネ、と呼んでいましたが、彼はどこに魂のよりどころをみつけることができるでしょうか。そう、鮭がついには母川に帰るように、サーシャもまた母国の匂いを決して忘れずに、世界の中で、生きていく人間になるならば、わたしはそれでいいと思うようになりました。母国とは、どうじにまた偏見でもあるのでしょうから。

ああ、そのまま、いまのままでロシアの故郷に居残ることこそが幸いにはちがいないのですが、そこのあたりはまだ心的には晴れやかになっていないのです。もしわたしたちが母国に帰らないとしても、きっと、遠い未来において、サーシェンカが帰ることだってあろうかと思うのです。そういう意味で、わたしはいまわがままで身勝手な旅人のように自分を感じています。愛する人たちとともにあることだけで十分ですが、でも、どこに行きつくにしても、そこで根付くようなことでなければと願うのです。今の続きでいるのなら、いつまでもわたしたちはひとかたまりの厖大な数の集合で終わるのかもしれません。もちろんその方が幸いでしょうが。想像するにつけ、一度もこれまで母国を出るということをしなかったわたしには、とても勇気のいる決断なのです。苦しいことなのです。でも歴史的な文脈で考えたなら、わたしたちの祖先だって数百年、そのようにして来ていまがあるのですから、特別に大げさに言うべきことでもないのかもしれませんね。ママ、わたしはパパのように平常心で一歩一歩歩む性格ですが、ほら、ママがよく知ってのように、そう、歌で言えば、曲のサビのように、そこが繰り返しいわば高揚の叫びのような歌声、あのようなところが、そう、とても南国的なエレメントもあるのです。それがわたしを興奮させたのでしょうか。肉体にではなく、魂の中にね。

愛するお父さん、お母さん、話がちょっと重苦しいテーマになりましたから、方向を変えますね。これはとてもいい報告です。

実は、わたしはおもがけないことから突然のように、いいですか、ほら、詩人ボリース・パステルナークの『ドクトル・ジヴァゴ』全部を朗読してそれをカセットテープに録音する仕事に着手したのですよ。これまで一度も思ってもみなかったことを、わたしはこちらでこのあいだですが、プロフェッソルKから勧められたのです。提案されたのです。ママだって知っているでしょう？　ほら、わたしが二十歳で、ノヴォシビルスク大で学んでいた一九八九年の冬、ついにソ連ではじめてロシア語版の『ドクトル・ジヴァゴ』が出版されて、わたしとオーレニカは吹雪の中で、毛皮コートにくるまれながら長い長い行列にならび、やっと最後の一冊を買う幸運に恵まれたのを覚えているでしょう？　もちろんわたしは右も左もわからずでしたが、もう夢中になって読み、読み終わったらもう三月の風が吹いていたのでした。そのときの同じ版の本に、わたしは、十五年ぶりにここで再会することになったのです。わたしは運命を感じたのです。

ママ、あなたはあのときはまだ教師の現役で、わたしが夢中になっていると聞いて、少し心配をしてくださったわね。そしてパパだって、詩人パステルナークのことをそれとなく知っていたのですね、自然科学者だから文学作品には特別な関心などないのかと思っていたら、そうじゃなくって、わたしが春に帰省したときに、パパはちょっと遠慮深げに、灰色の眼を横にそらして、ねえ、アナスターシャ、『ドクトル・ジヴァゴ』という大作があちこちで取りざたされているけれど、どうかね、きっといい本だろうね、と訊いてくださったわ。わたしはどんなにうれしかったことでしょう。父にひそかに愛されていることを感じたのです。パパはあのとき五十代だったかしら。そしてパパの戦後の思春期がちょうどパステルナークの五十代に重なっていたのですから、お父さん、どうですか、やはりひそかに関心をよせていたんでしょう？　わたしはあらすじだけパパに話したのを覚えています。パパは、ふむふむとデスクに向かってパイプをふかしながら、うん、そうだね、うんその通りだ、とことばすくなに頷いていましたよ。あれから、もう十五年もたってしまったのです。

そう、それをいまわたしは自分の声で朗読し録音して、わたしの肉声で生きなおす仕事に着手したのです。そう、きっとわたしは、いまの年齢になってこそ、このロマンの中にさえ、あなたたちの俤《おもかげ》さえもが、わたしの祖父母たちの旅路、その前身、その半身もが描き込まれているのではないかとワクワクしているのです。ママ、ロシアにいたなら、こんなことは起こらなかったでしょう。だって、まわりはぜんぶロシア語ばかりでみちあふれ、ロシア語が、この母語が、いまさらめずらしくもないものだと、ただ使いすてにされているだけなのですから。

ごめんなさい、すっかりおしゃべりになってしまいました。もう一つだけぜひ書いておきますね。わたしは今日この本の前書きの「読者に」を朗読したのですが、無事に終えてほっと安心して、ソファーで居眠りしていたら、そうです、お父さん、お母さん、ニネリ兄さんが夢にあらわれて耳元でこう言ったのですよ。どうだい、ナスターシャ、おまえのこの仕事は、〈降誕祭の星〉作戦というのは？　ってね。わたしが知っている兄の笑いをふくんだ声が。

サーシェンカを強くだきしめます、復活祭まで、よろしく。

あなたたちのアナスタシア　すべての善きことを願います。

6章

1

そして冬夜はまるでショスタコーヴィチの小さな抒情曲みたいにアナスタシアの耳の奥で聞こえ始めたのです。かなしみが通り過ぎると、とつぜんあかるくてちょっと騒々しいような諧謔が雪ひらのように星空からこぼれておどっている感じでした。アナスタシアはいつものようなしぜんでたおやかな動きで立ちあがり、窓の外の冬夜を見たくなって、カーテンを少しひき、窓も開け、すると心が覚めるくらい清涼で冷たい空気が闖入してきました。アナスタシアは両肩を抱くようにし、しばらく立っていて、眼の前に広がる冬野を遠く眺めました。なんだか故郷のチェリョモホヴォの冬野のように思われたのでした。遠くに電柱の間隔ごとにさびしすぎる電灯の橙色の灯がつづいていたし、小さな集落も見えず、防雪林らしい鬣《たてがみ》のような黒ずんだ林がのびていました。待避線と駅舎の方はというとロシアのペチカのような駅舎が明るい灯りをつけたままで眠り込んでいて、待避線はこんもりと車輛のかたまりが散らばり、もっとあかるくぱちぱちはぜるような灯りを点滅させていたのです。あらためて、あんなに倉庫が多かったのかしらと思いました。ここは地方でも大事な機関区なのだと気づかされたのです。

つつがなく、しかも新しい仕事に着手したことで充足感がありました。これでいい、これでいいのよアナスタシア、あなたは頑張ったわ、と一人で声に出しました。それにしても、ニネリ兄さんはこんなに歳月が過ぎ去ったのに、やはり何も変わっていないわ。妹のこの新しい仕事を、〈降誕祭の星〉作戦だなんて。でも、とても好き、いいことば。

たしかに冬空には雪雲がすこしも無くて、星たちが密集して黄や白や、銀色の輝きをちかちか光らせていたのです。そうね、お兄さんにも最後までこの本を朗読してお届けするわよ。冬は長篇小説を家族で集まって、その朗読に耳を傾け、考えにふけることでわたしたちの祖先は生き延びて来られたのだから。アフガニスタンの星はいったいどこにあるのだろう、アナスタシアは窓を閉め、ふたたび悲しみにふれてしまったのです。

あ、やはり、わたしの声は、お兄さんに似ている?

アナスタシアはベッドに入りました。きょうの「読者に」の最後のページにあったのでしたが、アナスタシアはつらい気持ちで想い起こしました。朗読したのですから、その声が自分の声でないように、でも文もフレーズもそっくりそのまま耳に残っていたのでした。五月に肺がんで自宅のベッドに寝ながら、そして旅立つその前日に、パステルナークは家族を、そう、二十八年後にこの「読者に」を書くことになるエヴゲーニーたちをそばに呼んで、言ったのですよ。

ぼくの全生涯は、自由で沸き立つ人間の天稟《てんぴん》のために、支配し勝ち誇る俗悪と戦うたった一人だけの闘士だったよ。一生はそのために費やされたね。

わたしはここをパステルナークそのひとの声色でなんて朗読はできなかったけれども、このことばは一生の後悔ではなく、そんなにしてまで孤立無援で戦った人だったのだと、いまごろ、この三十代の半ばになって、思い知らされたようにアナスタシアは思い、詩人の最後の声があらためて聞こえてきたのでした。何という孤独、何と言う忍耐と戦い。あのときオーレニカはいろいろ調べぬいて、パステルナークの最後のことばは、朝に窓を開けておいてくれ、と言ったなどと教えてくれたけれど、そしてオーレニカは感激していたけれど、それはそういうことばもあったにしても、こちらのほうがはるかに詩人にふさわしい本物のことばじゃないかしら。だって、死の直前まで詩人は新しい仕事に着手し、そして、生きてあること、生きてあること、最後までただ生きて、生ききること、と言っていたというように「前書き」に引用されていたのだから、いったいこのような不屈の、生といのちにたいする思いの深さはどこから生まれたのかしら、そう言いながらアナスタシアはようやく深い眠りに落ちていたのでした。三十五歳のアナスタシアの寝顔は二十歳のときの寝顔とどこがちがっていたのか、もちろん、もちろんアナスタシア自身は見ることができなかったのだけれど。

2

明け方の夢の中でアナスタシアはそれが夢だとは思わずにいつもそうであったようにはっきりと声もことばも発しながら、オーレニカと語らっていたのでした。辻褄のあわないようなことでさえ何の不思議もなく、オーレニカと再会していたのです。その場所はと言えば、それは海の見えるおおきな市でした。

オーレニカはパリからまっすぐに飛んで来ていたのです。海の見えるその美しい市で二人は再会しました。ここはどこだったかしらと思いついた瞬間、そこはこの大きな島の由緒ある玄関口で、ハコダテという港だったのです。二人は再会を歓び、さあ、ハリストス正教会を訪ねましょう、とアナスタシアが先導したのです。二人はタクシーでその丘山の急な坂道をのぼり、ロシア正教会の下でおりました。途中道路が凍ってスリップするので一苦労だったのです。それでアナスタシアは、いまが二月だったことを思い出して、するとオーレニカが、いい、おぼえているかしら、ほら、パステルナークの詩よ、ほら、二月だ、インクをとって泣け！　という詩句。

そうしてオーレニカが涙を浮かべながら、そらんじたのです。ああ、いまがその二月だったのだ、とアナスタシアは思い出しました。と思うと、さて正教会の金色のネギ坊主は日に輝いているのでしたが、いよいよ階段をのぼるとなると、石段が青い透きとおった氷がつるんつるんに分厚く凍っていて、冬の長い潮風のせいでしょう、手すりはついているのですが、このままではとてものぼることが困難なほどでした。

ふと見ると、あの元気だったオーレニカはもう足が弱っていて、アナスタシアの助けが必要だったので、びっくりしました。オーレニカはとても太っていて、顔をみると、もう相当の年齢に見えたのです。アナスタシアはまだ自分が二十歳だったと思っていたのでした。ところがオーレニカが、ため息をついて、手すりにつかまろうとして、アナスタシアの腕に腕を借りながら、ねえ、わたしはもう七十歳になるのよ、こんなに足腰が弱ってしまったわ。あなたはおいくつになったかしら、と言うものだから、アナスタシアは急に胸がいたくなって、賢いわたしのオーレニカ、何をおっしゃるのよ、わたしはまだ三十五歳よ、あなたが七十歳だなんて、冗談でしょ、と言って励ますと、ええ、そうよね、そうか、わたしも三十五だったわね、と言って、アナスタシアに腕をあずけ、注意深く、よいしょよいしょと言って、たちまち滑る氷の階段を、氷のへこんだ部分をあてにし、足で触りながら、息切れしていたのです。

オーレニカは言いました。ねえ、わたしのナスターシャ、わたしはパリが長すぎて、すっかり疲れてしまったのよ。そりゃあ、ロシアが恋しかった。シベリアのイルクーツクが、ああ、バイカル湖が。でも、一度も帰ることさえかなわなかったわ。だって、生きることだけで大変だったわ。アナスタシアは、そうよね、そうよね、と相槌を打っていました。オーレニカの腕はとても太っていましたから、コートの上からでも肉付きが感じられたのです。

そしてようやく、ゆっくりゆっくり足を休め、手すりにすがり、オーレニカはアナスタシアの腕に支えられて、ハリストス正教会の前のちいさな広場に立ったのですが、これがまた、道も、花壇らしい畝も草地も、ライラックの灌木も、みな氷に閉ざされているようでした。二人は、眼下に大きな真っ青な、紺色の凪《な》いだ海を見晴るかしました。オーレニカは涙をぬぐっていました。そしてまた、思い出したように、二月だ、インクをとって泣け！　という詩句を歌うように言いました。二月の風はほんとうに冷たいのでしたが、すでにどこか春の兆しがふくまれているように、そっとふれてくると、やさしいつぶやきさえ聞こえていたのです。

ええ、オーレニカ、ほんとうにそうよねえ。インクをとって泣け、と言うのは、泣きながら詩を書け、ということなのかしら、とアナスタシアは言い、オーレニカが無造作にかぶっていた毛糸の帽子にふれて、少し直してやったのです。帽子から真っ黒な豊かな髪がくしゃくしゃになってはみだしていたので、アナスタシアは笑いだしました。まあ、神さま、オーレニカ、あなたは相変わらず髪が真っ黒、二十歳のときと何も変わっていないじゃない。白髪もないのね。するとオーレニカが、ええ、そうなの、こまっちゃうわね、とようやく笑いました。

三十五歳のわたしがもう白髪が混じってきたというのに、あなたは何という若さでしょう！　とアナスタシアが言うと、オーレニカはちょっと笑いました。七十歳なのにね、わたしの体質はとてもめずらしいのかしら。オーレニカは小柄だったので、アナスタシアはオーレニカの腕をぎゅっと腕をまわして抱きしめながら、二月の海からの風を遮るようにできたのです。

オーレニカが言いました。バイカル湖を思い出すけれど、この海より、もっともっと広かったね。向こう岸さえ見えなかった。眼下の湾内の海は、小さく思われたのです。アナスタシアはがまんづよいつもりでしたが、オーレニカとこうして並んで立って、思わず涙がこみ上げました。どうしてわたしだけが三十五歳で、あなたが七十歳だなんて、とアナスタシアは海の果てを、眼をほそめて見つめました。ねえ、わたしったら、パリに亡命、そう、デラシネの、エミグレとなって、さんざん苦労したけれど、徒労だったかしら、とオーレニカが聞き返したので、アナスタシアは、いいえ、あなたはただしかったわ、と答えたのです。いいこと、オーレニカ、どんな人生だって、いのちがけで生きたのであれば、それがどんな人生であったにしろ、まことの人生と言えるのだと思うわ。

一瞬でしたが、氷の小道に、花壇脇の凍った小道に、いきなり子供たちがあらわれたのです、にぎやかに、わいわい言って、スケートリンクとでもいうように転んだり立ち上がったりしていて、またさっとかき消えました。アナスタシアはそこに息子のサーシェンカがまじっていたように思ったのです。

オーレニカが息切れのする声で言うのです。そう、わたしはパリで結婚したけれど、離婚し、そしてね、一人娘はなんとか仕事をして懸命に生きているから安心だけれど、わたしにはほんとうの実りがあったのかどうか、神のみぞ知る、かもしれないね。アナスタシアはふと、ねえ、賢いわたしのオーレニカ、幸いとは何かしらね、と聞き返していました。オーレニカは、うん、うん、とうなずいてから、さあ、アナスターシャ、中に入ってお祈りをしましょう。寒い、寒い。

小ぶりな教会でしたが、まるで白いサイロのようで、その上の金色のネギ坊主は、やはり厳かで気持ちがいいものでした。こんなところで、アナスタシアと再会できるなんて、それこそが幸いと言うべきよ、とオーレニカは言いましたが、足腰は弱っていたので、アナスタシアはそっと腕をかかえました。重い木の扉を押して、さて、滑り止めがあまり効き目のない冬シューズを脱ぎ、内陣へ進むと、すぐ左手に受付があって、小柄な娘さんがひとりにっこり笑って挨拶しました。アナスタシアが訊くと、はい、イーゴリ神父さんは出張中です、はい、わたしは信者ですが、人手不足でこうしてお手伝いしています、と答えてくれたのです。アナスタシアはオーレニカに、神父さんの名がイーゴリですって、おかしな符合ね、びっくりだわ。あのイーゴリに知らせてあげたいところね。オーレニカはちょっと笑いました。

それから二人は底冷えのする床をスリッパですり足になりながら、祭壇の奥の大きな聖像画を見つめました。ちょっと聖像画にしてはアジア的な雰囲気で少し色彩がくすんでいるように思われたのです。それから二人は、何度も深くお辞儀する姿勢になって礼拝したのです。それから、係の娘さんに、売り台にならべてある蠟燭や、美しい燭台、それに何種類もの本などを説明してもらいました。そのなかに、ふと見ると、文庫本版型ですがとても部厚い聖書が二冊あったのでした。背に『新約』とだけ書かれて、さらにその下に正教会と書かれているだけの質素な装幀だったのです。お手伝いの娘さんが、一九〇一年に日本正教会本部から出た版の再版ですね。ああ、ニコライさんが訳したという新約ですか、と思わずアナスタシアが聞き返しました。はい、わたしは詳しくないので恥ずかしいですが、きっとそうだと思います。アナスタシアは手に乗せて、ページをめくってみました。そう、これは文語ですね、むずかしそうですが、いい、とてもいいです、とアナスタシアが言いました。アナスタシアがちょっと迷っているところへ、オーレニカがそばに寄って来て言ったのです。さあ、買いましょう、いいの、アナスタシア、支払いはわたしよ、あなたへのせめてもの贈り物。わたしのことを忘れないためにね、うん、ナスターシャ、あいかわらずあなたは倹約家だなあ、さあ、お願いします、ついでに、その美しい蝋燭も燭台も、とオーレニカが言っていました。

思わずアナスタシアがオーレニカのうつむいた顔を見ると、なんということか、その顔は母のマリアの顔だったのです。アナスタシアは声をあげました。母が言うのでした。わたしの愛するアナスタシア、なにをケチっているの？　百年前、ご父祖たちは立派な地主貴族だったじゃありませんか、さあ、立ち上がりなさいな！

アナスタシアは母の声で目覚めました。枕クッションのカバーが涙で濡れているのにアナスタシアは気がつきました。ふたたび朝の悲しみが生まれたのですが、今日も『ドクトル・ジヴァゴ』の朗読が待っているだと思うと、夢のなかでの悲しみを心の余白にそっと秘めておくことができたのです。ねえ、オーレニカ、言い忘れたけれど、わたしはついに、『ドクトル・ジヴァゴ』の朗読に着手したわよ。生きて、生きて、生き延びて、最後の最後まで生ききった、あなたの幸せな詩人に再会したわよ、わたしたちもそのようにして最後まで生き延びましょうよ。
アナスタシアはそれから涙をぬぐいました。

7章

1

さあ、今日も生きよう、こんなにひとりぼっちであっても、生きること、生きて生きて、最後まで生ききること、と朝のアナスタシアは、つぶやき、そして朝の悲しみをそっと余白におき、孤独な一日を始めること、それにもたくさんの細々とした雑事が、用事があること、それらをぞんざいにせずに、きちんと動きながらも心の幸いをすこしでも夢見ること、アナスタシアは朝のしたくにとりかかりました。

アナスタシアは鏡にうつったじぶんをみつめ、つめたい水を大事に掬って洗顔し、うっすらと化粧水で頬をぬらし、いつものように質素に身づくろいをすませました。朝の紅茶、そしてパンとバター、ミルク。それからジャガイモと野菜サラダ。チーズ。まだ冷蔵してあった《シラカバ屋》のライ麦パンはトースターで焼いたのでした。朝の悲しみのかわりにすこしずつ朝の、この朝を無事にむかえられた喜びが生まれてくるようでした。どちらかというと血圧の低いアナスタシアにとっては朝のうちはいつも少し苦しかったのです。小型テレビでは朝のニュースを流していましたが、ただ音声だけを耳に掴まえていたのです。

そして柑橘の香りがつよい紅茶をのんだ瞬間、夢の中で、兄のニネリが笑いながら言った〈降誕祭の星〉作戦、という大げさなことばが絵になってうかびあがりました。もうすでに二十三年にもなるはずの兄がまるでこの世にちゃんと生きているひとのように夢の中で元気で話していたことが、悲しいにはちがいないけれども、心にちゃんと生きていてくれるのだということが静かな喜びになったのです。

死はなからん、ということばが思い出されたのです。現実には死はこの世ではすこしも珍しくないのですが、その死がないのだと言い切るようなことばを、あらためて感じたのです。

お兄さん、あなたはアフガン戦争が泥沼化した時期でしたね、報道記者としてアフガンの山岳地で亡くなられたわ。わたしはまだ十二歳だった。おぼえているわ。そしてあなたが棺で帰って来たとき、野辺送りは、アンガラ川を見下ろす丘の共同墓地まで、とても長い道のりだったもの。ママは狂乱したように泣いていたけれど、パパはいつものように寡黙で、涙をみせなかったわ。お兄さんがわたしの人生を見守っていてくださる、そしてかならず援軍となって、そうよ、あの聖ゲオルギーのように、槍をかまえてまっしぐらに荒野を疾駆してきてくださるのだから。そうそう、それからゴルバチョフの党書記長、そしてあのチェルノブイリだったわねえ。ねえ、お兄さん、わたしはいよいよ今日から、わたしたちのロシア語で『ドクトル・ジヴァゴ』の本文の朗読に入るのよ、とアナスタシアは言いました。ええ、もちろん、お兄さんにも聞かせます。きっと聞いていてくださいね。お兄さんこそわたしたちの現代を記述する仕事の人でありえたことでしょうに。でも、あのときは、まだわたしたちの母国語で、そう、ロシア語で、わたしの大地のロシア語の版で、『ドクトル・ジヴァゴ』は出版されていなかったのだから、だからいまようやく、まったく違う異邦の大地にいて、あなたのアナスタシアが、あなたのただ一人の妹が、あなたに、ロシアに生きたこの詩人の思想を、人生を、わたしの声で、あなたにお届けしたい！　そして、ほめてもらいたい！　やはりぼくの妹だね、って。

2

午前中にテープのA面とB面にそれぞれ三十分の朗読を入れるにはまだそれとなく調子が高まらないのを覚えていたので、アナスタシアは窓から冬の空を眺め、その前になすべき用事をすませましょうと思ったのです。歩くことでゆっくり血圧が回復するのを待ちましょう。そして、昼には研究室から帰宅して、それから心をしずめて、朗読の時間にしましょう。

アナスタシアは支度をして、まず駅舎に向かい、商店街で少しだけ日用品を買い足しました。駅前も商店街も地方市に独特な親密なにぎわいがあって、ロシアのバザールのようだったのです。そうだった、日本語では《師走》と言って、先生たちもあたふたと駆け回る、このいまが年末だったと思うと、なおもあたりは賑やかに動き出し、新年を祝うさまざまな飾り物や品物が所狭しと並び、掲げられ、食品も潤沢なくらい色鮮やかで、魚介類もずらりとならんでいました。イクラーもふんだんにならべられていたし、大きな鮭や鱈が横たわっています。アナスタシアは思いついたようにイクラーの小さなパックを一つだけ買い求めました。買い物は小型のリュックにしまい、それから駅舎脇のバス乗り場に並び、大学までの市内巡回バスに乗り込んだのです。人々がたくさんの買い物袋を一杯にして笑顔で乗り込んでいました。だれもアナスタシアを特別に見るような視線はありません。駅前からまっすぐの街路の左右が冬の日のバザールみたいに一変していたのです。

大学前でおりると、まっすぐに研究室に行き、報告書の見直しを少ししたのです。ロシア語本文はとっくにできているのですが、それを日本語に翻訳しなければならなかったのです。英文訳はいち早くできていました。学内はもう学生たちの冬休みでしたが、クラブ活動の学生たちがあちこちにいました。アナスタシアにロシア語で挨拶する学生たちもいました。アナスタシアも丁寧に返事をしました。先生たちもあちこちに残っていましたが、研究室棟は閑散としていたのです。小さな研究室で、アナスタシアは報告書の日本語訳の誤字を辞書を引きながら訂正し、テニヲハの間違いを注意深く訂正し、動きののろいコンピュータで打ち直し、そしてレザープリンターで印刷しました。それから水道の蛇口をひねって、コップ一杯の水を飲み干したのです。それから大板ガラスの窓辺に倚《よ》って、外の景色をながめました。

そのとき冬の光が、ちらついていた小雪はすっかり消え失せ、その明るくて白く低い冬の光が、窓辺をとんとんと音さえたてて過ぎて行ったのです。その光の声が、とアナスタシアには聞こえた気がしたのですが、それは小さな風のように触れながら、流れ、そして、おやおや、きみは誰かに似ている、もしかしたら春の夕べに、いや、もっと何かに似ている、いったい誰だったろう、というように囁いて過ぎ去ったのでした。幻聴かしらと思ったのですが、アナスタシアの中で、誰かがそう言って通り過ぎて行ったのでした。わたしはわたし自身に似ているにはちがいないけれど、そのほかにですって？

そのあと質素なソファーに身を沈めて、誰だったろう、誰の声だったろうかと、ソファーの肘に肘をつき、頬杖を突いて思い出そうとしたのです。

あ、分かった、オーレニカのことばだったわ、とアナスタシアはつぶやいたのです。すると、なつかしさでいっぱいになり、涙が出たのです。オーレニカが国を出るとき、その日はただの旅行なんかでなく、出国する人々がとても多くてまるで民族の大移動みたいだったわ。混雑した空港の待合室で、オーレニカが言ったことばでした。いいこと？　自分が自分だけであるならば、それは自同律だから、ほとんど無益なことよ、わたしたちは自分自身でありつつも、きっと誰かに似ていてこそほんとうなんだから、ねえ、ナスターシャ、そのことをね、わたしならロシア語本来の意味で、愛と名付けたいの。わたしの旅立ちは、いいこと、ただのエミグレとかそんなのじゃないよ、わたしはその誰かを探し求めて母国に別れをつげます、そう言ってオーレニカも涙ぐんでいたのでした。いま茫然としてアナスタシアは思い出していたのでした。

それからまた、アナスタシアは少しぼんやりしました。でも、これって、ほんとうに、これはどういうことだったのかしら、とアナスタシアはこの朗読と録音の仕事が、どうしてわたしにもたらされたのかしらというように考えが向いたのです。プロフェッソルKがアナスタシアをまっすぐに見つめて、話したことが思い出されたのです。そうだった、こう言っていなかったかしら？ どういう意味だったんだろう、そのときは不思議とも思わなかったけれど。プロフェッソルKは少し笑い顔を見せながら、そうそう、ぼくはいままで、一度として、誰からか、こんなことをしたらいいのではないかと、勧められたことなんかなかった気がします。どうしてだか分からない。普通は、そういうことって、いくらもあるじゃないですか。例えばですよ、詩や小説を書いてごらんなさいとか。あなたにはできますよ、とかね。研究でも、いや、こちらのテーマがあなたにはベターですよ、とかね。だから、幸か不幸か、でも一度でよかったから、誰からかこれをしたらいいんじゃないかと、せめて一度でも、そういうことを経験してみたかったなあ。ハハハ、僕には愛が欠けていたからかな。そうつぶやいて、ほら、これですよと、プロフェッソルＫはわたしに『ドクトル・ジヴァゴ』の本を差し伸べたわ。

そして、はい、無理しなくていいんですからね、ほんとうに心が向いたら、きっと成就できますよ、そう言ってちょっと照れくさいような笑顔を顰《しか》めたのです。ええ、そうそう、アナスタシア・アンドレーエヴナ、どうしてあなたにとお思いでしょうね、その答えをまず言っておくべきでしたね。ごめんなさい。ほら、夏にこの地方の著名な詩人で医師の、ムラカワさんの詩集『シベリア』を、彼がノヴォシビルスクへロシア語訳集をもって行きたいと言ってぼくに頼んできて、そう、あれはとてもいいものでしたね、それで、あのロシア語訳の大事な詩篇は、アナスタシアさんならと思って、あなたに頼んだのでしたね。あなたのロシア語訳、あれが素晴らしかったのです。そうです、短い間にたちまち翻訳集が出版されたですよね。『無名戦士の墓』というタイトルに変更されてね。あの訳集はノヴォシビルスク市の秋の文化交流祭で朗読披露されて、あちらの新聞にも大きく報道されました。そう、わたしもあなたも詩人のお宅に招かれて、お茶とケーキを御馳走になりました、もちろんぼくにもあなたにも翻訳料をくださると言ってくださったけれど、あなたはかたく辞退したし、それでぼくらは翻訳詩集の冊数を十部ずついただくことにしたじゃありませんか。いやあ、翻訳料、いただいておくべきだったかな。まあ、それは過ぎたことです。アナスタシアさん、ぼくはあなたのあの翻訳を見て驚かされたのでしたよ。それにね、せっかくの翻訳料を辞退したあなたのことばが。

それにね、とプロフェッソルKがさらに言い加えたのでした。いいですか、ぼくは詩人パステルナーク研究が専門ですが、そうです、悲しいかな、いまのぼくの思想の弱さでは、『ドクトル・ジヴァゴ』には正直言って、歯が立たないのです。いや、むりやり押し通せば翻訳はできるでしょうが、いいえ、それはだめです、語学力で訳せばそれでいいというものではないのです、と言ったのでした。アナスタシアは今ごろになって、それを思い出したのです。

そうそう、プロフェッソルKはおもしろいことをおっしゃっていたわ。そう、こんなふうに。いいですか、聡明なアナスタシア・アンドレーエヴナ、ぼくがこの先無事に生き延びていて、七十歳になったら、この『ドクトル・ジヴァゴ』を翻訳したいと思っています。だってね、作者のパステルナークが死去したのが七十歳ですからね、せめてもその歳にならないと、ぼくにはとても作者の詩と真実は分からないと思うのです。いまのぼくではとても無理なのです。ええ、もし、あなたが朗読してテープで残してくださったら、ぼくが無事に生きていて七十歳を超えたなら、きっとやり遂げられるという気がします。あなたの朗読を杖にして、アハハ、ま、でも、すべて神のご加護あればの話ですが。

アナスタシアには話の細部と雰囲気があらためて明瞭に思い出されたのです。ふたたび二階の研究室の窓辺に立って冬の景色を見ながら、そうね、プロフェッソルKは、ずいぶんおしゃべりだったわ。ちょっと変人だったかしら。でも、誰だったろう、誰かに似ている。わたしの翻訳について、おお、そんなふうに思ってくださっていたなんて、こんなうれしいことがあるでしょうか。もっと早く言ってくださったらいいものを。

3

研究室からの帰りは停留所の時刻表だと次まで十五分もの待ち時間があるので、アナスタシアは近道をまっすぐに徒歩で帰宅することにしたのです。雪道でしたが一つの起伏を、両側に冬の林間を眺めながら、そして冬の日は短かったのですが、まだ十分に明るく、空は春のようでさえあったのです。帰宅したら、ひとりぼっちの静けさと孤独の中で、手仕事とでも言うように、刺繡の針を無心に動かす作業とでも言うように、アナスタシアは『ドクトル・ジヴァゴ』の第一部、本文の始まりを、さあ、どのような声で朗読したらいいのか、歩きながら自分の声のトーンを、あれこれ声をだして試してみながらあるきつづけ、この道は、駅にまっすぐに通じる立派な市道とは並行していたのですが、直ぐに市の背中とでも言うようにとても田園的で、畑も野原も、そして広い公園も雪におおわれて冬の光をあびていました。アナスタシアは汗ばみ、それが気持ちよかったのです。血圧があがり体調は万全に思われたのです。川が流れていて、本通りとはちがって車が一台通すのがやっとの鉄製の橋がかかっていました。それから次第に市の裏側の家並が集まりだしました。この道は、アナスタシアのアパートのある界隈まではよほど近道だったのです。

アナスタシアはすでに、今日から予定している一時間分のカセットに録音できるページ数を計算し、すでに、そう、声の予習のためにですが、実際は声を出していないでただ眼だけで、テクストをくりかえし、読み間違えの一つもないようにと予習はすんでいたのでした。アナスタシアは思っていました。ねえ、アナスタシア、眼で迅速に読むのと、実際に喉、呼吸、身体全体をつかって、そのことでことばを声にするというのは、ぜんぜん違うことだからね。眼で読めたからといって、声がそれを十分に表せるとは限らないんだからね。眼はいくらでも動かしさえすれば訂正がきくけれども、声は、一度出してしまったら、もとには戻らないわ。はい、訂正、と言って訂正できないんだからね。そうよ、ピアノを弾くのと同じことよね。実は作品のことばだって、もっとちがうことばがあったかもしれないのに、そのことばを選んで、それで決定されたに違いないのだから、そのすべてのことばたちに、わたしの声の朗読は責任があるのよね。さあ、あの、冒頭の一行は、どんな声のトーンで始めるべきか。ああも言えるし、こうも言える。声の位相をどうすべきか。歌いだしによっては、それからが狂ってしまいかねない。アナスタシアはつぶやいて歩いていました。それでも一つだけ明瞭でした。いいえ、わたしは声で演ずるのではなくて、ことばが発している声をできるだけわたし自身の声で、ニュートラルに、そう中間的な余裕のある声で、自然に自分の呼吸にしたがっていいのだからね、そうアナスタシアは思い、そうですよ、朗読者の心がそのとき不安であったり動揺していたり、とてもつらい悩みがあったりしていては、ことばは声と一つになれなくなるのだから、いいこと、心に喜びがある状態のときにこそ、朗読録音しなくてはならないわ。テクストにある内容がどんなにつらい深刻な場合であっても、こちらの心が明るんでいないと、テクストにのみ込まれてしまうのだから。いいこと、テクストによってもたらされる世界は、創り出された別世界であって、決して現実性そのものじゃないのよ、でも、新しい現実には違いないのだから、アナスタシア、そこに没入しつつも、ほんの少しだけでいいから、美しい距離を保つことだよ。わたしたちはね、いつだってその距離を間違えるんだよね。

アナスタシアはとてもいい体調で、心身に冬のなごやかな空気と光を取り込み、体が生き生きとして、アパートのドアを開けました。

入る瞬間だけ、とてもさびしく、悲しみが一瞬浮かび上がったのですが、すぐにあれもこれもと動かなければならない些事があるので、孤独も悲しみもさびしい気持ちも、まわりの事物の奥に隠れてしまったのです。アラジンに点火しました。冬の日はすでに低く傾いていました。喉が渇いたので、紅茶を淹れようとアナスタシアの細くて長い指が動きました。まるで透きとおっているような蒼ざめた指と手でしたが、すぐに生気をとりもどしたのです。

そうして紅茶を淹れている最中に、階段を足早にあがってくる音がしたかと思うと、ピンポーン、ピンポーンとドアのチャイムがゆっくり間延びしてなりだしたのです。アナスタシアはドアを開ける前に、速達ですよ、速達でーす、という声が大きく響いて、ドアがノックされました。速達ですって、今ごろ、いったい何でしょう。一瞬、アナスタシアは胸が弾みましたが、もしやこれがなにか悪い知らせだったなら、と疑いを覚えながらドアをあけると、若いがっしりした郵便配達員が、ええ、ええ、航空便でした、そう言ってアナスタシアに手渡すと、にっこり笑いを残し、エンジンがかかったままの赤い小型オートバイへと走りおりて行ったのです。赤いバイクはあわただしくかしぎながら鉄道柵の雪道を走り去りました。

アナスタシアは航空便の速達郵便を手にして、オオ・ゴスポジ！　そう声にし、紅茶をソファーまで運び、小さなハサミで封を切ったのです。ゴーシャの手紙だったのです。手紙は薄い透明な便せんにびっしり、細かい筆跡で書かれていました。まるでチェーホフの原稿筆跡みたい、とアナスタシアは喜び半分、不安が半分、大急ぎで読みだしました。何時の特急列車だったのか、アナスタシアのすぐそばだとでもいうように、車輪の響きが聞こえ、遠のき、静かになりました。

4

愛するぼくのアナスタシア！

この速達便にびっくりするでしょう。実は、昨夜ぼくは無事にNZオークランドに着きました。ついにぼくはロシアを出たのです。夏にきみと語りあい、一つの結論で合意できた通りにですが、幸か不幸か、いや、ぼくはこれを幸運として受け入れたのです、そして実にあわただしくすべての用意を整え、まずは単身で、ニュージーランドのオークランドに赴任をしたところです。ロシアから電話なり速達便でもと思いつつも、ここに、このオークランドに来て直ちに連絡したほうが実際的だと思ったのです。夏にノヴォシビルスクの研究所に帰ってから、さらに精力的に海外の研究所への就職を探し、数々の候補地を考えて来たのですが、それもついにダメかと思っていた矢先に、先月になってからですが、急に話がまとまったのです。やはり、それが、ぼくらが相談しあった候補のニュージーランドのオークランドの地球環境センターだったのです。突然のことでポストに空席ができたとの知らせをもらったのです。それで、あらかじめきみに連絡をするゆとりもなく、煩雑な手続きや雑事に追われ、とにもかくにもぼくがまず単身で出国し、赴任することにしたのです、ぼくの独断を許してください。迷っている余裕はなかった。もちろんこれは幸運だったと思う。ぼくの研究分野では、ロシアではとても未来がない状態できていたのですが、さらにこの近年はどうしようもなくなっていました。そこへ、ノヴォシビルスク大の地震研所長のアサビン教授が、ぼくのことをとても心配していてくれていたので、ニュージーランドの地球環境センターへの推薦を強く進めていてくださったのです。もとより、ほら、これはきみの父、岳父がアサビン教授と旧知の仲であったことも大きな助けになっていたのです。嬉しいよ。

ぼくは無事に新年からは正式にここの地球環境センターの研究所助手として仕事につきます。助手というポストですが、もちろんこれはアカデミック・ポストだよ。研究成果次第で、どのようにもなるのです。それから、もう一つ大事なことは、ここでは、中等学校においては、ここは英領ですからもちろん英語が第一言語ですが、第二語教育にとても重点が置かれていて、その外国語教師がとても望まれて開かれていることです。で、ここにきみはおそらく十中八九、教師としてポストが得られるはずなのです。というのも、日本語が、そうなんだ、なぜだかここでは中等学校の教育で求められているのです。教師はもちろん何よりも公用語の英語に堪能でなければならないが、きみならそれはもう十分すぎるくらいで、それにきみのこれまでの日本語教育の経験とメソッドの習得があるので、きみがこちらに出国して移住しても、大丈夫だ。このさき、夏にいろいろ語り合ったように、きみだって、いつまでも極北のマガダン大にいても未来はないのだし、まして、ぼくらのようにそれぞれが孤独に離れて暮らしているこれまでは、どんなにかきみにだけ苦労のしわ寄せがいったことだろう！　ほんとうにすまなかったと思っているよ。

こちらに出国してのちは、あえてこれを亡命、エミグレとは言わないが、きっと、永住権を得ることも十分に可能でしょう。そしていちばんの問題は、息子のサーシャのことですが、こちらにきみと一緒に、六月までに来てくれて、そうしてこちらの十一年制学校に入学することになるのですが、もちろん英語を言語としますが、ぼくが心配なのは、これまでの母語ロシア語についてです。でも、これはぼくらの家庭生活で工夫できるはずです。そう、ここオークランドは、ニュージーランドのなかでも、とても多様な民族が集まっている大都市だから、可能性も大なるものありです。そう、将来の希望のあるぼくの地球環境研究分野では、聞いた範囲ですが、ヨーロッパ・ロシアから来ているロシア人も少なくないそうです。ぼくだってもう四十の声を聞く年齢に近くなって、一大決心、もうルビコン川を、このように渡ってしまったのです。もう引き返せない。進む以外に道はないのです。

知っての通り、この北の島は、火山島で、ここの自然研究は将来の地球環境研究、海洋研究その他の分野で、とてもやりがいがある国です。ぼくはどちらかというと火山研究が副分野でもあったので、それはロシアでいわばメインではないのですが、ここではこの分野の研究にまい進できるように思うのです。

ねえ、親愛なアナスタシア！　ここまでのぼくらの生活を考えてみると、ぼくはほんとうにきみのために何一ついいことをしてあげられずに、ここまで来たのだと思うと、きみの孤独と悲しみを思うにつけ、ただ後悔ばかり。そうだったね、サーシェンカの誕生でさえ、ぼくはノヴォシビルスクでただ忙しく単身で暮らしていて、誕生後のたいへんな苦労をきみひとりだけに担わせて、きみが新たに赴任した極北のマガダン市での暮らしがどんなに大変だったか、それなのにぼくはノヴォシビルスクを離れるわけにはいかなかった。きみはまるでシングルマザーのように、母子家庭のようにして、ここまでサーシェンカを養育してくれて、そしてようやく実現したきみの交換教授の日本留学においては、チェリョモホヴォの両親にサーシェンカの養育と面倒をお願いしてしまった。ほんとうにぼくが非力なばかりに、どれほどの苦労、悲しみをもたらしたことだろう。ゆるしてください。でも、今回は、もう、引き返せない選択をしたのです。ともにある生活はこれからです。美しいこの火山島で、あたらしい暮らしを！

そうだ、サーシェンカの喘息の難病も、ここの島で、温暖な自然環境の中で、治癒できると思うよ。あ、それからもう一つ。ほら、ぼくはきみに教えられて、英訳だったが、ミヤザワ・ケンジ、きみがよく言っていた詩人の「グスコーブドリの伝記」の英訳をここに来るまで飛行機で読んだよ。なんだかぼく自身身につまされるほど感銘を覚えたよ。でも、ぼくは彼のように、火山で自己犠牲にはならないようにと思っています。グスコーブドリは子供がいないのだし、でも、ぼくはサーシェンカを守護しなくてはならないからです。ありがとう。感謝します。

追伸です。きみのロシアへの帰国は、復活祭の四月に間に合うはずだね。それまでの一冬、ともかく健康で過ごしてください。ぼくはもうオークランドの研究所から、南島の高山地帯への調査に入っているでしょう。で、きみがここニュージーランドへ出国できるのは、手続きその他とても煩雑なことをクリアするには四月、五月いっぱいかかるでしょう。そのかんに、ぼくは住宅その他、そしてきみの教職の任用の問題など、うまくいくように準備をととのえておきます。そう、住宅はもうきまっているので安心です。有名なブラウン湾にある研究所の住宅に入れることになったのです。出国手続きはとても大変だったよ。ほら、ぼくはウラルの奥地の小さな古い町だったからね、本籍地を証明する文書をそろえよと言われて、これを取り寄せるまでがひどい苦労だった。だって、いいかい、農奴解放の一八八〇年以前までそこいらみんな農奴だったのだから、たとえて言えばですが、当時の納税記録の写しを教会からもらえというようなことだった。あきれ果てたよ。でも、きみには何の問題もないだろう。そうそう、こちらはロシアとちがって南半球だから、六月といえば、冬になるけれど、でも最低気温だって、十五度くらいではないかな、シベリアで育ったぼくらには春のようなものさ。渡航費用については、家族渡航費が研究所から支給されるので、それはただちにチェリョモホヴォに送ります。渡航経路については最善のルートをまた知らせます。

きみに神のご加護を祈ります。きみとサーシャにとって、この新しいランドが幸いの大地であることを確信します。

そうそう、ほら、ぼくらの結婚式は、あのロシア崩壊のごたごたの時期だったからね、ほんとうに身うちだけのささやかな食事会だけだったね、いいかい、こちらで、そうだね、結婚二十年記念のお祝いを、この新天地で盛大に祝いたいと思っています。あと五年。あと五年したら、ぼくだって地球環境学者として、少しは世界に有益な仕事をしているはずだよ。

あ、もう一つ。出国の旅の途中きみがサーシェンカをともなっている姿を想像すると、胸がつまります。健康に注意して、決して無理をしないでください。

こちらは一月と二月は真夏、きみのゴーシャより　愛をこめて

5

アナスタシアはしばらくのあいだ茫然としていました。一気に運命が動いてしまったことにいま初めてのように気がつき、もうどうしようもないことだったのです。世界地

図をうろ覚えですが思い出し、おお、わたしのロシアのシベリアからもう気が遠くなるほど、南極へとまっしぐらに見え出し、孤立無援のたった独りぼっちで、ああ、あのオーストラリアよりもさらに遠くへと、世界の果ての果てへと運ばれて行くのを感じたのです。ああ、どうやって帰ってこられるのでしょう、厖大な距離の海、そして空路であってさえ、世界の果ての果てだったのですから、シベリアの極北のマガダンなど、問題にもならないと感じられて胸がしめつけられたのでした。もっとも、分かってはいたことなのに、こんなにいきなり現実になったのだと思うと、もう決断だけしかなかったのです。

でも、イーゴリの手紙をもう一度読み返したあとで、気をとりもどし、眠れない夜にもととってあった赤ワインの栓をぬいて、グラスに一杯満たしていました。そうよ、あなたに哲学がなければ、これは耐えられないことよ、生きるとは何か、この地球上で生き死にするということは、こういうことだと認識して進むことなのだと、いのちがけの覚悟があるかどうか。そのうえで、どれくらい楽観的になって魂を羽ばたかせられるか。サーシェンカだってこの長い旅がかえっていいことなのだもの。

いいえ、地理的な空間の距離がどれほど厖大きわまりなく人間にとって絶望的な限度を超えたものであったとしても、いいこと、アナスタシア、とすぐ耳元でオーレニカがささやいてくれたように思われたのです。ねえ、ナスターシャ、怖気づいたの？　北緯四十度から南緯四十度までだなんて怖気づいていたら、わたしたち人類はいなかったことよ、わたしたちの祖先は、そう、何万年かかってだって、短すぎる一生をとにかく重ねて、重ねて、繋いで、子孫で、大地で、旅路で、流離で、誕生と死とを厖大につないで、悲しみの忘却の果てにようやくここまで来たじゃないの、あなただって、その悲しみの一粒の麦の種子、それでいいのよ、ただ野垂れ死にするのではないわ、心底生きることを選んで、生きることの飛躍を、そうよ、エラン・ヴィタールをこそ敢行するために、そのことで歴史の中のどこか片隅でいいのだから、そこで生きて死ぬという運命ならば、これは肯定できるのではないかしら。いいこと、母国は、心の中にだって、いや、そこにこそ真の母国の姿があるのよ。ロシアの風だって吹いているよ。あなたがもしこのままわたしたちのロシアに居残ったとして、いったい何が待ち受けているでしょう、ええ、そう、ただ一人の母、善き貞淑な妻、そして懸命に働く女性として生きるとして、そして平安な家庭の喜びと子孫の繁栄によって、そのささやかな幸いによって祝福されると言っても、でも、今あなたはどちらかを選び、それを新しく創り出すしかないじゃないの。

　アナスタシアは赤ワインを、まるでたった一人のさびしい祝宴のように口に含みました。こころもち渋甘く、コケモモのような思いがけない美味しさでした。

　もう灯りをともすべき早い夕暮れになっていました。アナスタシアはイーゴリの手紙から、自分の十五年間が夢のように切れ切れに思いだされてきたのでした。なによりも鮮やかにあの夏の日が、八月のただ一日、あの一日が眼前に見え出したのです。


　それはいとしいサーシェンカのこの世への誕生の日でした。あの八月のマガダン地方は狂気のような猛暑続きだったので、市の郊外に出るともうそこから広がっている広大無辺の針葉樹林をささえている永久凍土が溶けだしていたのでした。市の背後にひろがる凍土が溶けだし、あたりは水蒸気におおわれ、郊外に点在する木小屋のような人家が、杭乗せの家のように傾いていたのです。広大な森林は火事で燃え続けていました。永久凍土が溶けた湖沼地帯のようになり、太陽が照りつけ反射し、水はレンズになり、針葉樹の樹脂を燃え上がらせていたのです。おお、そんな八月だったわ。アナスタシアは分娩の一週間前に市の病院に入院することができたのです。それはほんとうに幸いでした。

その八月、いまアナスタシアは三階の産科病棟で新しいいのちの誕生を待っていたのです。まるで永遠を待っているとでもいうような時間のような気がするわ。裕福な人々は夏の休暇で、ヨーロッパ・ロシアへと旅行にでかけていく時でした。

アナスタシアはもちろん自分の緊急入院を、ノヴォシビルスクのイーゴリにも知らせたのですが、調査の仕事で大陸の極北の奥地に出ていて、とてもアナスタシアのもとへ見舞いにも来られなかったのです。もちろん両親にも知らせました。しかし母は病気がちになった父の面倒をみるために八月は動かれなかったのです。アナスタシアはこの僻遠の地の大きな古い病院で、ただ一人して、新しいいのちの誕生を迎えるしかなかったのです。もちろん同僚の善き人たちが励ましにやって来てはくれましたが、やはりこの世で一人きりだと感じて絶望を覚えもしたのですが、しかし、新しいいのちの誕生だけがアナスタシアを励ましてくれたのです。

そう、あの日は、積乱雲がもうまるで巨人のように水平線に密集し、成長し、つぎつぎに雪崩《なだ》れ、変化し、そして、突如、その雷雲から雷鳴が響き、そしてそのさなかに、わたしのただ一つのいのちが産声をあげてくれた、とアナスタシアはその雷鳴をたしかに耳で聞いたように思い出し、そのあと麻酔で意識が失われてかすれたように思い出されたのです。気が付いたときには、女医のカザフスカヤ先生と看護婦長のでっぷりと肥えたマルファがにっこり笑っていました。神のご加護でしたよ、元気で生まれましたよ、おめでとう、おめでとう！

イーゴリも不在で、そして母も駆け付けられず、ただ一人アナスタシアは自分が孤独のまっただたなかで新しいいのちを神によって授けられたように思ったのでした。カザフスカヤとマルファの笑顔がどれほど神々しく見えたことだったでしょう。

ああ、そうだった、そうだったわ、それからがまた途方に暮れるほど大変だったけれど、傷も十分に癒え、九月の新学期が始まる頃は、もうわたしは心が強くなっていたわ。小さなサーシェンカのいのちによりそって、生きることが、苦痛ではなく喜びに変わったのだから。

おお、そのサーシェンカが、今や何ということでしょう、わたしたち両親によって、こんどはいのちを得たロシアの大地を捨てることになるのだもの、これは、わたしは今度こそ、ロシアに踏みとどまるべきではないのでしょうか、とアナスタシアは神にむかって問いかける気持ちになっていました。母語のロシア語が根扱《ねこ》ぎに奪われてしまうのでは？　だって、もうサーシェンカの年齢ではすべてがロシア語の声で分節され、自然もまたそのようにして心身に入り込んでいるのだから！　親の身勝手のせいで、子の運命が左右されていいのでしょうか。アナスタシアは八月の誕生の雷鳴を耳にいま聞くように思いながら打ちひしがれる気持ちでした。母のわたしとどのことばで話すことになるのかしら。アナスタシアは涙がこぼれました。いや、今やわたしに可能なことを行うだけ、とアナスタシアは一人で言いました。八月の雷鳴とともに、太陽のような笑顔の賢いサーシェンカ、おまえは八月のあの雷鳴によってこの世に目覚めさせられたのだから、この先、どんな広大な世界に投げ出されようと、きっと生き抜くにちがいないね、ママはそれだけを信じましょう。そう、雷神のエリヤーみたいにね。さあ、乾杯！　アナスタシアはさらにワインをグラスにつぎ足し、めずらしく酔いを覚え、少し転寝《うたたね》をするはめになったのです。もちろん、アナスタシアは忘れているわけでなかったのですが、というのも市内はもう明日の、大みそかという一年最後の日のためにあわただしく明滅していたのです。アナスタシアは微睡《まどろ》みながら、早く、明日は、気持ちを整え、明るい喜びにあふれて弾むようなわたしの声で、『ドクトル・ジヴァゴ』の世界に入って行こう、書かれたそこのことばによる人生を生きることで、その時間によって、自分が捨てることになるロシア大地を生きなおすことにもなるにちがいない、そうと感じ取っていたのです。

　それに、イーゴリにも、明日ただちにNZオークランドのアドレスに速達の手紙を書きましょう。まちがいなく、わたしと小さなサーシェンカが、二人して小さな旅人のようになって、とにかくたどり着くことだけが、この先の真の愛と幸いの証になるのだと、アナスタシアはつぶやいていたのです。ゆっくりと緩慢な音の列車の音がしていました。アナスタシアの窓の灯りのそばを、各駅停車の普通列車がごろごろと車輪を響かせて通っていったところでした。

8章

1

ついに始まりました。

初めにことばがあったとでもいうように、アナスタシアの声の宇宙ですべてが始まりました。そして、始まったということは必ず終わりが来るということだったのですから、その遥かな、あるいは一瞬後の、じぶんにとっては間違いなく三月の雪解けの風が吹く頃に、始まったことばですべてが終わりを告げ、そしてそれからが真《まこと》のわたし自身が生まれた始まりになるのだと、アナスタシアは窓の外の雪景色を吸い込み、生まれて初めての呼吸のように、《ジヴァゴ》の、声の翻訳が、声訳がまるで声が文字を文字でなくしてしまうような淀みなさで、清らかに、澄み切って、しかも喜ばしさと悲しみが刺繍糸みたいに互いの色彩をきらめかせながら終わりのない歌になって、アナスタシアの心身を溶かしていくようだったのです。

そしてアナスタシア自身もいったい自分がどうなってしまったのかしらと、どうしてこんなに淀みなく、旋律が生まれているというわけでもないのに、リズミカルな、まるで自然なままに整えられたとでもいうような韻律に身をゆだねて、まかせて、第一部第一章「五時の急行列車」の1を、気が付いたときには数分かかったのかどうか、たちまち過ぎ去っていたことに驚き、自分の声が二十歳の時の声にもどっていることに驚かされたのでした。というより、歳月が流れ去っても、真の声はそのまま、ここで再び現れたかのように思われたのです。

アナスタシアは身をまかせ、全身がまるごと声によって開かれて自由になり、飛翔しながら大地に触れている気がしてならなかったのです。朗読の声とことばと意味は、切れ目なく、水のように流れ、あるいは雲や風になって、つまり新たに生まれた時間の流れが、外的な原因で、カセット・テープのA面が終わるまでは、永遠に続く終わりのない時間だったのです。その永遠の時間をアナスタシアの声が生み出していたのでした。

ほら、二十歳のわたしの声がいまこのようにして広大無辺な時間を生み出しているよ、もちろん、もちろん、詩人が生み出した文字のテクストがあってのことだけれど、ひょっとしたら、これが「不死」ということではなかったかしらと、先へさらに進むにつれて、どうしてこんなに美しい端正な、ほんとうに自分の濁りのない瑞々しい分節で、モスクワ風に大地的な、鷹揚な抑揚をまとわずに、というように自分のかくされていた数学的なとでもいうような性質にも気が付いていたのでした。

可哀そうなユーラ、母マリアの葬儀の野辺送りが市中を豪奢に進んで行く、そして一人残された遺児ユーラの慟哭、まだ十歳なのだもの、そして墓地は秋の驟雨、大地に棺が埋葬され、一人ユーラがその土の塚に立って、世界を見回す、この絶対的な孤独は耐えられまいのに、でも母の弟の叔父がただ一人見守ってくれているのだから。還俗《げんぞく》した思想家の叔父ヴェデニャーピンにともなわれて、その夜は墓地修道院の庵室に泊めてもらうその夜半の吹雪、雪に覆われる母の埋葬地よ、そこを風のような速さで、というのも文章がそのように短文の積み重ねで、自然のように簡潔だったのだから、またたくまに朗読してしまい、アナスタシアはたしかにここはモスクワの、モスクワ川の蛇行部を見おろすノヴォデヴィチイ修道院墓地だと思い当たり、まだ兄が生きていた頃に家族で一度だけモスクワ旅行をしたときのことが思い浮かび、昨日のことだったように思えたのでした。

僧院の僧房で一泊したあと、ユーラは叔父に連れられて南部のヴォルガ地方へと向かったのでしたが、たちまち数年が過ぎていてもう一九〇三年の夏なのだもの、もうユーラは多感な思春期の少年だったのです。アナスタシアはもちろん、母を失ったユーラが絶えず母の面影を胸にして、母のために祈る情景にさしかかったときは、眼前には大きな河が流れていて、その岸辺の谷間で母の幻に呼びかけて祈り身をまかせて声に出して失神するくだりでは、思わずじぶんのサーシェンカの幼い姿がよみがえってきていたのでした。チェリョモホヴォの祖父母のもとで泣かずに幼稚園に通っているかしら。

そして1から5までの六ページを美しすぎるくらいに朗読して、一語として読み間違いも音韻の躓《つまず》きもなく過ぎてきて、その途中、とくにユーラの叔父とヴォスコヴォイニコフが切岸のうえのベンチに腰掛けて長い対話をしているとき、ヴォスコヴォイニコフの〈Mda〉という相槌の声を、まったくこれまでとちがって、思わず力をこめて「ンダアアー」と声に出してしまったことが、その瞬間どうしてそうなったのか、じぶんでもよくわからず、不意に声に自由がもたらされたように感じられたのでした。

あきらかにこれは、わたしはテクストゆえに、思わず声色《こわいろ》を出してしまったわ、あぶない、あぶない、でも、このような乗りうつるような声が、わたしの中にあるということは、つまりわたしはもちろん、もちろんこのような声色を発しうるということで、そう、わたしにはそのような力ある、重量のある声も秘められていて、それはまた滑稽だったり祝祭的であったりして、でもそれはあぶない、演劇的になったらそれこそテクストを損なってしまうわ、というふうにアナスタシアは自分でも一瞬解放されながらも、禁欲を覚えたのでした。

そのあとのヴェデニャーピンの考え方が話される長い会話は、予習の黙読のときに、芯の細いとがった鉛筆のさきで、めずらしく下線を引いていたのでしたから、「ンダアア」は、その思想に対応していたのだから、思わず、気が緩んで、そう、わたしはユーラの叔父ヴェデニャーピンの語った命題に心がゆさぶれたに違いなかったのかもわからないわ。二十歳であの吹雪のなかでオーレニカと一緒に書店の行列に並び、最後の一冊を手に入れたときは、ほんとうにわたしはここを読み過ごしたか、少なからず理解不能な個所だったかもしれないけれど、いまなら、分かるわ、とアナスタシアは下線を引いて立ち止まったのでした。

そしてアナスタシアはこの箇所をとてもさりげなくさらりと朗読したのでした。こんな重い主題なのに、ヴェデニャーピンのことばはとてもシンプルだったからでした。難し気な文章語ではなく平易な普段の会話のことばで語られるのだから。歴史とは何か。それは死の徹底的な謎解きだということ。もちろん人間は、その芸術は、精神的高揚なしに進むことはできないこと。そのためには福音書の思想があること。その第一が、隣人への愛であること。これこそが生きたエネルギーの最高形態であること。これなしには人間を考えられないこと。自由な個人のイデー、そして自己犠牲としての生のイデー。

アナスタシアは下線を引いた行を、「ただキリスト以後になって、幾世紀も幾代にもわたり子孫における生命が始まり、そして人間は路上の柵の下ではなく歴史の中で、死の克服に捧げられた仕事の盛りの中で死ぬのです」というように、その声は力に満ちて、しかもさりげなく朗読していたのです。

もうその前のページでも、特にアナスタシアは、ヴェデニャーピンが語った科白から、特に「不死」ということばに下線を二重にひいていたのでした。「この世に帰依するにあたいするようなものがあるでしょうか？　それはごくごく僅かです。わたしの考えでは、帰依すべきものは、不死、つまりその別の名は、やや強化された生、生命なのです。この不死にこそ帰依しなければならないのです」とヴェデニャーピンのことばに、アナスタシアは少しの疑いもなく、今、自明のことのようにここを声に出したのでした。二十歳の時、わたしはここを少しも理解せずに、ただ先を急いだにちがいないわ、だって、あの頃、〈不死〉だなんて、思いもかけない考えだったのだから。でも、兄の不慮の死を経験したあとのことだったから、直感的に分かっていたのかも知れないわ。

そして、五時の急行列車が川向こうの平原に不時停車する箇所で、5が終わると、びっしりと余白のないほどの組で印刷された6ページをよどみなくここまで同じ声をだしつづけてきたアナスタシアは、6に移るにさいして、ここまで少し高めの声だったのが、ほっと緊張がほどけるようにやわらぎ、ほんの少しだけかすれ気味の、甘やかな、花の蜜のような、いや、カミツレの香草の花のような燻《くすぶ》るような声のゆれと、細い茎のそよぎのように、音程がかわり、そして6をそのままで読み続け、その二ページ半にさしかかり、そこでテープのA面三〇分は切れたのでした。アナスタシアは三〇分で八ページ半を読んでいたのでした。呼吸のみだれさえなかったのです。
アナスタシアは水も紅茶も一口も飲んでいませんでした。声はさらに自由に開放されたように思われたのです。そして、ここで、テクストの狭い左余白に、ここまでがA、ここからがB面という印にもと、地震計の揺れみたいな印を挿入して先へと進んだのでした。そう、ここまで三〇分。およその見当がついたのです。アナスタシア自身にとってはあっという間の時間にすぎなかったのです。この声は途中でとめられなかったのです。

それでもふっと休むというか、新しい改行の展開がある箇所で、ときおりアナスタシアの声は一拍をおいて、その一拍の一秒少しの隙間に、ねえ、アナスタシア、アンダンテで、なんては言わないけれど、あなたはいつもアレグロすぎやしないかしら、もう少しモデラートに、というようなオーレニカの声が聞こえたのでした。オーレニカはとてもアンダンテで、ことばに抑揚も強弱も均一ではなかったのです。あなたは、ことばのキレがよすぎるわ、早口の講義で一時間でも平気でしょうけれどね、いいこと、声は生き物だよ、臨機応変ということもあるのよ。ええ、分かっているわ、でも、そのうちにね。そう答えて、すぐにまたアナスタシアは先へと向かいました。〈不死〉にむかって、わたしはこのように声で、ことばにいのちを与えているのかもしれない、そう感じ、アナスタシアにとっては、声はすこしも枯れず、こんこんと湧き出してくるような感覚だったのです。声がかけめぐりだしたのでした。

声で読み進むうちに朝の悲しみもうすれていき、方向をかえて、生にむかって立ち上がっているように思われたのです。この日の、新年の一日の朝は、雪が降りだしていたものの、それは泡雪のような雪ひらで空はうっすらと青んでいたのです。日はどこかにそっと隠れている気配でした。ここまで声に出してきたテクストの中で、ユーラが亡き母のために谷間にまよって祈る情景が過ぎ去りませんでした。「マーモチカ！」とユーラが呼びかけて母の平安を祈る箇所が、アナスタシアにはまるで自分のサーシェンカに重なっていたのです。まして、ユーラには父という像が、あってないようなもので、そのような父の不在を幼くして不思議に思わずに育ったユーラとは違うでしょうが、それとなく、もちろん、わたしのイーゴリは、ユーラの大富豪でも遊蕩三昧の人などではないけれど、父の不在はサーシェンカにはどう感じられているのかしら、そんなことを朗読の声のずっと下の意識の薄い雲母のような層で、伴奏していたのでした。

アナスタシアはテープをB面に反転させ、自然な呼吸になってから、ふたたび、これが自分の声になっているかどうか、聞き返すこともせずに、さらに次を朗読しはじめました。新年の雪は窓にちらちらと覗き込んでいたのです。

2

それから三十分後に、ちょうど八ページ分の声を終えたときアナスタシアはその半ばから気が付いたことでしたが、声の速さが急に落ち、ことばが、フレーズが、一節一節がふとしたときに、語の分ち読みのようにこわばっていたのでした。

第一章の「五時の急行列車」を読み終え、ただちに第二章「別圏からの少女」に入ってからとくにそう感じられたのはどうしてだったの、別に喉がかわいていたわけでもないし、小さな級数の活字が、その活字には奇妙なことに、おそらく誤植訂正の際にあらたに埋め込んだ活字に、同じ書体がなかったのでしょう、そんなことはこれまでのわたしたちのソ連の書物では考えられないことなのに、やはり、あの頃、一九八九年ということ、知られた出版社でもない《本の宮殿》社は、印刷用紙もままならなかったのですよと証明するみたいに、でも正しいテクストだけはお届けしますというメッセージだったのかしら、とアナスタシアはやっと我に返った気持ちで、一息つき、今日一日の朗読の声をおしまいにして、ふと巻末の最後のページを見返して、あ、とさらに驚き、思いだされたのでした。

わたしたちの国の本は、目次はいつもほとんどが巻末に記されているけれど、もちろん、そして最後のページには決まってその本の編集長、装幀その他の編集者、技術担当者、そして校正者などの名がきちんと責任が明らかにされ、そしてなお、その本が印刷にかけられたときのデータ、その他その他、まるで映画フィルムの終わりのように詳細に書かれているので、アナスタシアはこの本が印刷に回されたのが一九八九年一月二十六日であったことは当然のことと疑うわけもないのでしたが、プロフェッソルKがあのときご自身でももう一冊同じ本をたずさえていて、ならべて巻末を開きながら、ほらね、これは発行部数二十万部と書かれていて、括弧内には、（初版十万部）となっていますよ。ふむ、つまりどういうことかな。まあ、こういうことでしょう。つまり、初版の一刷りで十万部まずは出してみたけれど、それでは追いつかず、十万部を直ちに追加印刷にかけて出したということでしょうねえ。要するに二十万部がね、一九八九年の冬一月の末に出版されてですね、それで国内に流れたということ。いやはや、ソ連の読者人口から言えば微々たる部数ですが、さあ、でもどうでしょうか、ほらあなたたちのチェーホフ全集なんて、初版が三十万部でたちまち品切れだったじゃないですか。チェーホフ全集は三十万部だったたですねえ。

プロフェッソルKがそう言いながら、『ドクトル・ジヴァゴ』のもう一冊をアナスタシアに差し伸べてくれたのでしたが、そのことを改めて思い出したのです。

そう、あのときは、きっと同じその二十万部のうちの一冊で、プロフェッソルKのもう一冊に同じ『ドクトル・ジヴァゴ』と同じ版だとばかり思い、巻末など見なかったのでした。が、ああ、いま、一時間の朗読を、まるで途方もない大仕事だというようにし終え、なにげなく巻末をたしかめてみると、おお、何ということかしら、アナスタシアはこの一冊が、さらにその二十万部の増刷七万五千部のうちの一冊であったことを発見したのです。

アナスタシアは遠い十五年の過ぎ去った二月の吹雪の日の書店の行列を思いだしたのです。オーレニカとわたしがやっと、手に入れた一冊は、最初の版の二十万部のうちの一冊だったのか、それともプロフェッソルKが手渡してくださったこの一冊と同じ七万五千部のうちの一冊だったのか。そんなことなどあのときのわたしもオーレニカにとってもどうでもいいことだったわ、ただ読めさえすればよかったのだから。

アナスタシアはちょっと推理してみました。そうよね、ヨーロッパ・ロシアで二十万部がたちまち、モスクワやレニングラードなど、大都市で売れて、その残りは、おこぼれのようにウラル山脈を越えて、シベリアまで、わたしたちのノヴォシビルスクの書店に数量限定で配本され、そのおこぼれの最後の一冊を、オーレニカとわたしが入手できたという幸運。アナスタシアは晴れやかな気分でした。あの一冊は、もちろんオーレニカのものだったから、さあ、オーレニカと一緒に今頃パリの屋根の下かしら、いいえ、なにもパリなら、あの版でなくたって、手に入るでしょう、でも、わたしにとってはこの一冊がシンボリックなのね、だって、人生の里程標、みちしるべ、白樺のくい打ちでも、立派な石碑のみちしるべでもどちらでもいいわ、とにかく二十歳だったわたしの記念なのだから。

一時間ぶっつづけの朗読はアナスタシアの心身を開放してくれたようでした。別の言い方をすれば、これだけのことばを何万語か声に出して流出させることで、アナスタシアはすべての水量を大地に惜しみなく流出させた大きなため池とでもいうように、空虚になり、干上がり、そしてそこにはまた新たにたくさんの雨とでもいうように新しい水量がどこからか満たしてくれているような気がしたのです。

それは残りのB面で朗読しているうちに次々に展開し、織物のように少しずつ絵柄が見える感じになる物語のストーリーのさりげない、ちょっとした先駆形がアナスタシアの心のため池にため息のように流れ入ってきたからでした。でも、すべては声でしたから、過ぎてしまえば、声はもうどこにもなく、まるで音楽がそうであるように、しかし、録音はたしかにこのように、永遠化された〈不死〉とでも言うように残されて、そう、物質化されているのだけれど、そのことの重要さよりは、朗読の進行とともに、思いもかけない形象が突然、第二章「別圏から来た少女」のラーラとして、まるで強引とでもいうように眼の前に現れたとき、アナスタシアの朗読の声は、それまでとちがった、ギクシャクとした窮屈さ、しかも作者のラフスケッチのような短文の繋ぎがそれとなく呼吸にとってもどかしく感じられたのでした。朗読しながら、アナスタシアは、なぜ、どうして？　どうしてこんな人生の闖入が？　というような訝《いぶか》しさが、声を硬直させているように感じたのでした。

これはないわよね、とアナスタシアは、本当は苦しくて悲鳴をあげたいところをこらえていたのかもしれなかったのです。

そして十六歳のラーラが、コマロフスキーの誘惑の魔手に落ちるきっかけとなった箇所で、B面の朗読が終わったのです。

もし母のアマリアが、自分が招待された夕べの宴に出ることを、ラーラにすすめさえしなければ、どうだったのでしょう。ほんとうにものみな間一髪。だって、コマロフスキーはラーラの亡き父の知人であり、いまはラーラの母の愛人だったのだから。アナスタシアはじつは怒りさえおぼえていたのでした。二十歳の冬の日にここを読んだときは、眩暈さえおぼえ胸が高鳴ったこと、そのことを先ほどは冷静に朗読したのでしたが、いま、アナスタシアは自分が三十五歳になっていて、一児の母であることに照らしてみて、ここでもまた胸が痛い怒りさえ覚え、というのも、だって、ラーラの母アマリアは、いまのアナスタシアより一歳くらいしか年長でなかったのですから、なんていう母なのでしょう、なんて無能力なんでしょう、そう無意識に判断しながらアナスタシアは、それでも、早くに寡婦となってしかもウラル地方にあって外国人であること、夫亡きあと二人の子供とともにどうやって生き延びていけばいいのか、その女性の苦しさについては、もちろん十分にアナスタシアは分かっていたのに、それでも、許せないように思ったのでした。

しばし頬杖をついて、この新年の一日の降雪の止んだ窓の外を眺めながら、オーレニカがあのとき興奮して叫んでいたことを思い出しました。そうよ、ナスターシャ、これが人生なのよ、この苦悩を引き受けることが人生なのよ、そうオーレニカは言っていたわねえ。ほんとにあなたは初心《うぶ》なんだもの、二十歳になっても何もわかっていないわね、しあわせな家庭に何不自由なく育っていたら当然だけれど、あなただって、ラーラの一人かも分からないことよ。今、アナスタシアは新年の窓の光線のすぐかたわらにいて、オーレニカに答えようとしました。

ねえ、オーレニカ、ふっと笑ってしまうわよ。だってね、ラーラの眼は灰色だったのよ。そう書いてあったわ。びっくり。あのときは全然気づきさえしなかったんだもの。だって、眼の色なんて、わたしたちなら、それはそれはいろいろなんだから別に気にも留めないことだけれど、でもね、ほら、あなたがよく言ってたじゃないかしら、アナスタシアの眼はどこを見ているのか煙るようで、本心が分からない気がするって。いま、改めて、ラーラの眼が灰色だったというので、わたしは自分の眼の色を今になって再認識させられたのよ。父がそうだから、遺伝だと思うのだけれど。

アナスタシアはやっと立ち上がりました。

そう言えば、どこだったろう、ラーラについて一行、彼女はこの世でもっとも純粋な存在だった、と作者がわりこんできて言い加えてはいなかったかしら。とても賛同できるわ、だってわたしたちの十六歳はそうだったじゃないの、でも、現実性の煉獄にただちに投げ込まれる運命だってあるし、そうだ、そんな運命に投げ込まれても純粋な存在性と美しさを持ちうるような像をラーラに付与したいのは分かるけれども、それにしてもひどいわ、ウラルからモスクワに一家で出て来たラーラたちを、いきなりモスクワでも最低の貧民街の安宿を用意している庇護者のコマロフスキーは何というけち臭い男でしょう、アナスタシアは無性に腹立たしく思ったものの、しかし、あの世紀末のロシアだもの、寡婦となった子供連れの女性の職業としたってどんな生きる道が残されていたかしら、いいえ、これが現代であってもまったく構造は変わってなんかいないわ、そう、作者に不満を言っても仕方がないけれど、でもそれゆえにこそ、美と純粋が現実性の世界でどのように生きられるか、それをわたしたちは夢中になって読んだのではないかしら、そんなことを考えながら、アナスタシアは午後の時間を迎え、そう、まるでラーラのように手早くきちんと雑事をかたづけ、ようやく二時を回ったころ合いに駅前通りに向かい、駅舎前にある公衆電話のボックスにたどり着いたのでした。

駅前も駅舎も新年を祝うひとびとで賑わいを見せていました。ラーラ一家がモスクワであてがわれた場末の貧民窟の《モンテネグロ館》なんていう安アパートなどここにはなかったにしても、いま歩いてきた線路沿いのアパートなどをふりかえってみると、アナスタシアはそれとなく笑いがこみあげてきました。わたしのアパートだって、《モンテネグロ館》といったところかしら。

アナスタシアはイーゴリのいるNZオークランドではなく、さあ、駅の小さな売店でテレフォンカードを三枚だけ買って、シベリアのチェリョモホヴォの両親の家に国際電話をかけるのです。新年のあいさつです。最初に出るのはママかしら？　でも、ママが朝の支度だったら、サーシェンカかしら？

今にも、あ、マーモチカ？　というサーシェンカの声が聞こえて来そうでした。アナスタシアは、ブー、ブー、と呼び出す音に耳を澄ませました。

3

アナスタシアは新年のその最初の日に駅前の公衆電話ボックスから遥かな母国のチェリョモホヴォに電話したあと、嬉しさと同時に悲しさを胸にだきしめるようにして、人通りの中をゆっくり歩きだしました。悲しみに顔を曇らせている人などだれもいないようにうすぼんやりと見えました。

ロシアの重い冬コートを着たアナスタシアはやせ型であったけれども、背が高いので、行き交う人々のなかでどこか別のところからとつぜんここに来てしまい戸惑っているように見えたものか、あちこちから見つめられているようにさえ思われたのです。

アナスタシアはブーブーブーと鳴る電話に耳を澄ませ、受話器がとられた瞬間、アローー、アローー、アリョー、わたし、アナスタシア、と言い、すると気配からすぐに受話器をとったのが母ではないと分かり、まるでとても低いところから受話器をつかんだとでもいうようにサーシェンカの小さい声が、ドナタデスカ、ア、ア、ママデスカ？　と言い、そしてマーモチカ？　と言ったので、アナスタシアは胸がつぶれるように思い、おお、かわいいわたしのサーシェンカ、おお、かしこくて、我慢づよいサーシェンカ！と涙声になってしまったのでした。するとサーシェンカが大きな声で、バーブシュカー！　とあわてたように語尾を長くして、アナスタシアの母に呼びかけて声を上げたのです。おばあちゃんはお仕事なの、とアナスタシアが聞き返すと、サーシェンカが、うん、うん、呼んでくるよ、そう言って受話器をおいていなくなり、すぐに、早く、早く、とサーシェンカのせかせる声がして、母が喜びでいっぱいの声をあげたのです。電話代を気にしているにちがいなく、母のことばはとても早口でした。こちらはぜんぶいいですよ、と母はエプロンで手でもふくようなしぐさの声で言い、おお、元気だったね、よかったこと、あなたのサーシェンカはもう一人前の男みたいに勇気があるよ、ママがいないと、こうなるのかしらね、ああ、絵本は届きましたよ、ほら、サーシェンカ、ママに一言お礼をおっしゃいな、と母が言うと、背伸びするような姿勢の声で、ママ、ありがとう、とてもおもしろいよ、トッタカターとカペチンタ、うん、ぼくに妹がいないのは残念だけれど、とそこまで言って、受話器が母の手にもどされて、そこでアナスタシアは早口で、手紙で書くけれども、三月の終わりには帰国します、心配しないで大丈夫、ママも知っていると思うけれど、ゴーシャはもうニュージーランドに単身赴任しているから、そう、わたしもサーシェンカを連れて、六月にはニュージーランドへ移住しますよ、ええ、心配なんていらないわ、三月に帰国したら、六月まではチェリョモホヴォで一緒に過ごせますからね。ママ、お父さんはいかが、ああ、よかった、食事療法なのね、へんよねえ、そんなにアルコールもいただかない方なのに。

アナスタシアはゆっくり歩みながら、いまここがロシアの冬の光のように思われていました。

いまアナスタシアは短い時間の電話でちぐはぐにことばをかわし、新年のお祝いも述べたことやら、ただ母の声、そしてかたわらで電話を聞いている気配のサーシェンカのすがたを思い描くのですが、もう一年半近くにもなるので、どんな顔になっているのか、机上にかざってある写真とはずいぶんちがっているにちがいなかったのです。ねえ、アナスタシア、これであなたは母親なのかしらね、と自分に言い、ええ、そこのところがね、母にはちがいないのだけれど、ママがわたしにたいして常に母であったのとは、いったいどこが違うのかしら。そうねえ、わたしは放任主義、と言っても、三歳まで育てて両親のもとにあずけっきりなんだもの、そこまでもいかないわ、ママは学校教師だから、とても厳格でうるさいくらいだったわ、とアナスタシアは独り言を言い、店のほとんど閉じている商店街のアーケードのなかを歩きました。

あちこちでお辞儀をかわすひとたちの声がとても大きく聞こえました。アナスタシアは普通ならマガダンで、冬の厳寒に凍りつき、あちこちで集中暖房の太い輸送管から蒸気が漏れている集合住宅街の広い通りを、ことさら重い毛皮コートにくるまって買い物袋をさげて白い息を吐き、生きる意欲を出して、そしてクリスマスと新年は特別ににぎやかでバザールも人々の白い息がパッと凍るくらいでも焚火があちこちで煙り、色とりどりの荒野のようでしたが、ここでは、日本語がとてもなごやかでくぐもって、冬の空気がひどくあたたかいのに希薄な気がしていたのです。

おお、両親のチェリョモホヴォだったら、どうでしょう、シベリア風の背の低い木造の家々、古風な柵木、庭の木々、並木のチェリョムハ、行き交う新年の人々は腕の大きなライ麦パンに大きな布をかぶせて、うやうやしく運んでいて、誰にでも新年のあいさつのことばがかけられ、それにまたこたえ、その声が凍りついたシラカバの木に群れているカラスにも聞こえるくらいで、笑いがとびかい、そうして、というふうにアナスタシアは思い浮かべました。でもサーシェンカが二歳だったときの冬の里帰りはうれしかった、サーシェンカはまるで太陽みたいなまんまるの笑顔で、何を見ても笑うのだったから。ほんとうに、どうでしょう、きょうの電話のサーシェンカは、ずいぶん大人びていたわ、幼稚園だって年長組でしょうから、ああ、ニュージーランドに移住したら、すぐに十一年制の学校に、五歳からだというから、すぐに入ることになるわね、ああ、ことばはどうしたものかしら。イングリッシュ、そうイギリスの統治領なんだから、イングリッシュ。三月にチェリョモホヴォに帰ったら、ただちに特訓をしなくてはいけないわ。でも、母国語ロシア語はどうなるの？

そう思いながら、アナスタシアは新年の最初の一日の早すぎる夕暮れの雪道を、そうね、まるでモスクワの場末の御者街にまぎれこんだ気持ち、午前中の朗読を思い返し、そうね、ラーラ、あなたも、たいへんだったこと、でも、いつだってわたしたちは試されているのだから、何によってですって？　神によって？　さあ、どうなんでしょう、きっと自分自身によってかしら？　いや、ひょっとしたら〈愛〉によって？

9章

そしてアナスタシアは一月の大雪に埋もれました
そしてアナスタシアの二月は吹雪の日が続きました
アナスタシアは強い風邪をひいて一週間も寝込みました
二月だ　インクをとって泣け、と
一時的な雪解けの声に泣きじゃくり

そして三月は、最初の雨がめぐってきたときアナスタシアは
泣きながらついにすべてを声で読み終わりました
声だってもう涸れ尽きているように思われたのですが

すべての声が後悔のように流出したいま
自分はまったくの虚ろだったのに
気がつくとふたたび新しい声が
吸う息のようにみちてくるのでした

一月には九本
二月には五本
そして三月は一瀉千里《いっしゃせんり》とでもいうように悲しみにうちひしがれ
どうじに喜びにみちた救いの心に光をもたらす
ささやかな友たちの思い出と挿話にふるいたち
十一本を読み終わりました

いまアナスタシアの二十五巻のカセット・テープは
小さな書棚に並び三月の雪解けが始まった光の中で
透明な　そのなかに小さな車輪がひめられた

静かな証言者のように重ねられていたのです

ここまでどれほどアナスタシアは
たったひとり声をあげて泣いたことだったでしょう
鼻声にならないようにどれほど涙をこらえたことでしょう
これほどまでにして
わたしたちは生きなくてはならないのはなぜでしょう

そう幾度アナスタシアはすすり泣いたことでしょう
わたしたちが決して時代や歴史の枠の外に出られない
この世の捕囚なのだと
時をこえることの不可能を
アナスタシアはまったくの孤独と孤立のなかで
涙をのんでこらえました

もちろん、もちろん、
この六十分二十五巻のカセットの録音の日々
アナスタシアはそれなりの日常の雑事に忙しなく追われ
すべてきちんと片づけ　いつでも帰国できるように奔走しました

でもアナスタシアはひたすらこの大きな物語を
自分自身の悔いのように生きてしまっていたので
市中を歩きながらも　生き生きした人々の姿を見ながらも
それらがみな影のようにしか見えず
アナスタシアははじめてのように自分が人間嫌いであったのかしらと
冬の日のあらわれを見回したものでした

ラーラの末路を思い
トーニャの亡命ののちを思い
あるいはラーラの夫　革命家ストレーリニコフの自殺

それもまたユーリー・ジヴァゴが雪の大地に埋葬する運命を
そしてジヴァゴはモスクワへと冬のウラルを越え行くのでしたから
アナスタシアには彼らは超人のようにしか思われなかったのです
運命を生ききることの凄さと悲しみと喜び　喪失の果てしなさを

ただアナスタシアはすべてのページ
物語のすべて人々の運命を偲びながら
生きることとは何か
これほどまでしてなぜ人は生きるのか
その秘密について　それでも結論に恵まれたと思ったのです

それは愛すること　そして愛されていることを感じること
わたしたちみなそれぞれに短い旅路の
真の友であることの明証性

そして大いなることに身をささげるためではなく
ささやかな笑顔一つ
あるいはささやかな思いやりのことば一つ
声にならないにもかかわらず
うなずくかすかなしるしのために

そのためにこそ
わたしたちのいのちがあるのだとアナスタシアは
いま三月の半ば　ついに始まった雪解け水の声を聞きながら
川は雪解け水にあふれて
長かった一冬の自分の人間嫌いから
光のもとに出られたように思われたのです
一時も忘れずに献身すること
うなずきの声が聞こえていること――

アナスタシアは立ち上がりました
帰国のためにいよいよあわただしい準備に追われました
そのさなかにひょっこりとNZからゴーシャの絵ハガキ！
まったく能天気といったらどうでしょう
ゴーシャは青いボールペン字で手短に書いていました

愛するひとよ　ぼくは調査をかねて
南島の　サザン・アルプス
そう、Southern Alps に来ています
三千メートル級の山脈です
きみの帰国とロシアからの出国を待っています

サザン・アルプスですって？
ウラル山脈しか知らないアナスタシアは
ゴーシャの得意げな顔を思い浮かべて微笑みました

そうよね
ゴーシャはユーリー・ジヴァゴでも
ストレーリニコフでもないんだものね
わたしはラーラでもトーニャでもないのだし
生きている時代が違うのだし
でも　愛すること　愛を感じること
ささえあって最後の最後まで
人生の戦友であること

アナスタシアは微笑みを絶やさずに
さて、録音済みのカセットが壊れたり濡れたりしないように
小箱につめて梱包したのです
もちろん自分の慎ましい下線や書き込み
綺麗なままのテクストの一九八九年版の本も一緒に

さよならわたしの輝ける青春
アナスタシアは小箱の肩を叩きました

お送りするのはいつに?
そう、ニイガタからにいたしましょう
わたしが飛び立つ前に
そうしてアナスタシアは故郷チェリョモホヴォのアドレスと
電話番号を小さな文字で書きました
お手紙はいらないの?
ええ、ことばはいらないこと

わたしのすべての声
わたしのいのちの道しるべ
わたしの　あるいは過去と未来

アナスタシアはめずらしく口ずさんでいたのです
オーレニカがよく歌っていた
ジョン・レノンの《イマジン》を
Imagine theres no heaven
　Its easy if you try……

その日
雪解けの太陽は明るく燃えて暑いくらいでした
アナスタシアはすべての支度を終えました
上りの特急列車の音が聞こえました

出発の手荷物はほんの少し
カセットテープと本の小包は旅行ケースの中
朝日の昇るアパートを一度振り返り
歩き出しながらアナスタシアは思いました

ほんとうに物語みたいじゃないこと？
もしわたしが年老いて亡くなったとしたら
この二十五巻のテープは？
プロフェッソルKのもとで生き延びてくれていたとして？

アナスタシアは美しい微笑でおかしくなりました
わたしの声が運命によって生き延びていてくれたなら
きっと息子のサーシェンカが
若かった母の声を探しにやってくるでしょう
わたしのいのちがけだった声を求めて

するとその微笑に
オーレニカが耳元で風のようにささやいてくれたのです
あははは、アナスターシャ　それって
あなたの遺言にでも書いておいたらいかが？

アドレスを忘れずにね！

アナスタシアは
ふたたびイマジンを口ずさみながら
三月のその日の
洪水のような雪解け水の道路を駅に向かったのです
〈もちろん、もちろん滑稽なのはお前の理屈〉――そう繰り返す
三月の風のなかでアナスタシアは聞いていました
その声を
わたしたちは若かった　ほんとうに若かったね　未来があったわ

（了）

作者あとがき

『ドクトル・ジヴァゴ』のわたしの邦訳が飯島徹さんの未知谷で出たのは二〇一三年、それからもう八年になりました。

その「訳者あとがき」の最後の方（七四四～五ページ）にわたしは、今回のこの物語のもととなったアナスタシアさんの二十五本の朗読カセットテープの〈実話〉についてはすでに記述しておきましたので、今回の物語については、それともあわせて読んでいただけたら、なおのこと理解が（その違いと自由な想像力について）いくのではないかと思っています。

このように八年が過ぎて、もう老いの深まるときに至ってですが、わたしはもういちど心にかかっていた美しい雲の行方《ゆくえ》を新しく物語ってみたくなったのです。それも、難しい散文体ではなくて、日本語の「です・ます」口語話体で。そしてアナスタシアの形象に、わたしもわたしたち世代の過去も夢も、喜びも悲しみも、すべて過ぎ去った歴史のこともみな流入させて。

キイワードは、いのち・声です。そしてその精神です。そしてこのように残された声のいわば〈不死〉の物語。消滅必定のいのちであるわたしたちがこの世に残す声をめぐる旅とでも言ったら、ややも大げさすぎるでしょうか。

その意味では、思いがけず、わたし自身の〈私小説〉とでもいうような物語になったのかも知れないと思って恐縮しています。ことば・声は宇宙に突っ込んで燃焼するいのち、これをこの地上の形見となさん、というようなこと。それではよき旅を！

追記　この物語のタイトルにある、〈降誕祭の星〉というのは、『ドクトル・ジヴァゴ』の巻末の二十五の詩篇の一つ、わたしが一番好きな詩篇であります。

二〇二一年七月七日　札幌

工藤正廣

くどう まさひろ

1943年青森県黒石生まれ。北海道大学露文科卒。東京外国語大学大学院スラブ系言語修士課程修了。現在北海道大学名誉教授。ロシア文学者・詩人。
著書に『パステルナークの詩の庭で』『パステルナーク　詩人の夏』『ドクトル・ジバゴ論攷』『ロシア／詩的言語の未来を読む』『新サハリン紀行』『ＴＳＵＧＡＲＵ』『ロシアの恋』『片歌紀行』『永遠と軛　ボリース・パステルナーク評伝詩集』『アリョーシャ年代記　春の夕べ』『いのちの谷間　アリョーシャ年代記２』『雲のかたみに　アリョーシャ年代記３』『郷愁　みちのくの西行』『西行抄　恣撰評釈72首』『チェーホフの山』等、訳書にパステルナーク抒情詩集全7冊、7冊40年にわたる訳業を1冊にまとめた『パステルナーク全抒情詩集』、『ユリウシュ・スウォヴァツキ詩抄』、フレーブニコフ『シャーマンとヴィーナス』、アフマートワ『夕べ』（短歌訳）、チェーホフ『中二階のある家』、ピリニャーク『機械と狼』（川端香男里との共訳）、ロープシン『蒼ざめた馬　漆黒の馬』、パステルナーク『リュヴェルスの少女時代』『物語』『ドクトル・ジヴァゴ』など多数。

〈降誕祭の星〉作戦
ジヴァゴ周遊の旅

二〇二一年七月二七日印刷
二〇二一年八月一〇日発行

著者　工藤正廣
発行者　飯島徹
発行所　未知谷
東京都千代田区神田猿楽町二 - 五 - 九
〒一〇一 - 〇〇六四
Tel.03-5281-3751 ／ Fax.03-5281-3752
［振替］00130-4-653627

組版　柏木薫
印刷　ディグ
製本　牧製本

Publisher Michitani Co. Ltd., Tokyo
ISBN978-4-89642-642-7 C0093